里爾克－杜英諾哀歌

（全譯本及評析）

Duino Elegies

萊納・瑪利亞・里爾克（Rainer Maria Rilke）／著

張錯（Dominic Cheung）／翻譯、評析

－目次－

〔前言〕純粹的矛盾

　　里爾克曾因第一次世界大戰（1914-1918）及憂鬱症無法寫作，拒絕讀報，自我孤絕，停筆 10 年，在慕尼黑等待戰爭結束，直到 1922 年初在瑞士的穆佐城堡（Château de Muzot）神思勃發，短短數天，《杜英諾哀歌》全部完成，同時也在這期間完成《給奧菲厄斯十四行》上卷 25 首十四行詩（成書時是 26 首）。在寫給愛侶莎樂美（Lou Andreas Salome）的一封信札裡，提到：「還有，想想看，另一方面（於風雨前一口氣《給奧菲厄斯十四行》25 首紀念維拉逝世）……」也就是說，1922 年初里爾克在穆佐城堡除了一口氣完成大部分已有存稿的 10 首哀歌，同時也在這期間寫下 25 首十四行，詩人描述當時撰寫情況，十四行是因紀念少女舞蹈家維拉之死，觸發而成。

　　1912 到 1922 年的 10 年間，里爾克在歐洲各地譬如西班牙、巴黎、慕尼黑等地斷續撰寫哀歌片段，直到 1922 年在穆佐完成第十首哀歌，於 1923 年同時分別出版《杜英諾哀歌》及《給奧菲厄斯十四行》，所以後來各種譯本多分別註明每首哀歌撰寫的時間和地點。

　　1911 年 10 月冬天，里爾克到瑞士的杜英諾城堡探望瑪莉郡主（Princess Marie von Thurn und Taxis-Hohenlohe），郡主於 12 月中旬離開杜英諾，直到翌年 4 月才回來。在這四個月中，里爾克單獨留在堡內。有天，他收到一封頗為麻煩應付的信函，

必須立即作一謹慎答覆，為了安排思緒，便走到城堡的外棱牆往來踱步，外邊是浪捲百尺海浪，忽地驀然停步，好像風浪中聽到第一首的首句：

假若我呼喊，誰在天使的階位
會聽到我？

他拿起隨身筆記本寫下這句子，知道是神祇在給他說話，跟著回到房間寫好那封信，當天黃昏，完成哀歌第一首，並於 1912 年 1 月 21 日寄給郡主。不久又繼續完成第 2 首，並且告訴她，去年冬季已著手寫好其他哀歌，只除了第 3、10，可能還有第 9 首。但據後來考據，郡主在她著作《追憶里爾克》（*Erinnerungen an Rainer Maria Rilke*, [Memories of Rainer Maria Rilke], Copenhagen, 1932）這種說法未可盡信。

倒是他寫給莎樂美的信內有提到「我走出外面，把手掌貼在小穆佐城堡牆上，拍打如一隻蒼老巨獸，它一直保護及交托這一切給我」：

露，親愛的露，現在：

這時刻，星期六，2 月 11 號 6 點鐘完成第 10 首最後的哀歌，我放下筆。這首（即使本來就注定是最後一首）在杜英諾開始就寫著：「終有一日，讓我擺脫驚怖幻象／向讚許的天使們唱出喜悅頌歌！……」雖然我曾讀給妳聽，但現今僅開首的十二行存留下來，所有其他都是新撰，對，非常，非常棒！試

想想，我居然能一直被允許存活下來，千辛萬苦，奇蹟，神的恩典——全在幾天內完成。那時的杜英諾哀歌就像一陣狂風暴雨，我整個人成為剪剪裁裁的布料，千修萬改，飲食皆忘。

還有，想想看，另一方面（於風雨前一口氣《給奧菲厄斯十四行》25 首紀念維拉逝世）內提到那匹馬，妳是記得的，前蹄鎖著栓腳圈不羈快樂的白馬，在夕陽掩影伏爾加河旁田野，朝著我們飛奔而來。我在詩內把牠寫為奉獻給奧菲厄斯答謝神恩的還願供品。時間為何？今朝為何？這麼許多年後，牠從心底發出的喜悅跳躍激盪我的胸懷。

同樣，事情相繼而來……

我走出外面，把手掌貼在小穆佐城堡牆上，拍打如一隻蒼老巨獸，它一直保護及交托這一切給我。

德國文學學者萊許曼（J. B. Leishman）及英國詩人斯彭德（Stephen Spender）合譯的英譯本《哀歌》內指出，閱讀里爾克的困難可分作者與讀者兩方面。作者方面，由於詩人要極力表達的乃是生命內在（internal）一種神祕經驗的探討與發見，更非一般語言局限所能敘說，但又不能不說，只好借助「外在同等物」（external equivalent）的世間生死事物、自然現象、宗教、神話、借喻說出不能說出的種種。而讀者閱讀方面，則要去把外在同等物轉化為內在非語言的經驗，以便進入靈光一閃、內外合一的領悟。為了增益人神共存的內涵，他喜用西方基督教的天使神祇，又極力否認乃是來自基督教義，甚至有意連接向伊斯蘭教的天使，其情可憫。

里爾克詩作在二次大戰後歐美現代主義的興起聲譽鵲起，《十四行》與《哀歌》與艾略特（T.S. Eliot）、梵樂希（Paul Valery）詩作齊名，惟在詩壇的遭遇命運卻同龐德（Ezra Pound）相似。龐德是美國人，但替法西斯廣播宣傳，一代宗師聲名敗壞，戰後被美國政府起訴，不為猶太學者所喜。美國學府大多為猶太學者把持，不喜德文系，有意無意阻礙德文系的發展或甚至關閉。里爾克出生於當年奧匈帝國波希米亞（今日捷克的布拉格），用德文寫作，但不是德國人，並未納入德國文學範疇。真是幸與不幸，未為猶太學者所忌。也因此詩人馮至（1905-1993）在德國海德堡大學撰寫博論時，本應有意選研里爾克，但想因不屬德國文學，才轉寫德國詩人諾瓦利斯（Novalis）。

　　這本翻譯本每首哀歌附加的評析，除了譯者歐美文學本身修養外，還倚賴一些參考書，最主要的是德國天主教神父及學者瓜爾蒂尼（Romano Guardini, 1885-1968）德文撰寫的《賴納‧馬利亞‧里爾克：此在之釋義──杜伊諾哀歌的闡釋》（*Rainer Maria Rilkes：Deutung des Daseins—Eine Interpretation der Duineser Elegien*, Kösel-Verlag, München, 1953）。此書後來出版英譯本《里爾克杜英諾哀歌：一種詮釋》（K.G. Knight, *tr. Rilke's Duino Elegies, An Interpretation*, Henry Regnery Company, Chicago, 1961）。關於瓜爾蒂尼德文本的書名中譯，我是採用德語學者袁洪敏的中譯，內含原文的 Deutung des Daseins（「此在」之釋義），而英譯本的書名沒有把原書的「此在」（Dasein）附上。Dasein 是海德格在他的巨著《存在與時間》中提出的哲

學概念，它由兩部分組成：da（此時此地）和 sein（存有、是）。此詞無法翻譯成中文術語，但為表達 da 與 sein 本身的關係，「此在」是現在比較通用的譯名。但要注意不能將 da 理解為此時此地，而是指通過對「存有在這裡」的領會而展開的存在方式。

袁洪敏有一篇很具挑戰性的論文〈《杜伊諾哀歌》的翻譯和接受問題〉發表於《江漢大學學報》（人文科學版）2009 年第 6 期，內裡縱論中台兩地中文譯者忽視原文的漏洞和錯誤，她說：

> 《哀歌》固然難度極大，但我認為這不是主要原因。研究里爾克的中國學者（很遺憾，學德語的寥寥無幾），除了極少數略懂德文，大多數都是靠譯文，因此，譯文就是研究的基礎，譯文是否準確至關重要。如果譯文不準確，甚至意思含糊，會使許多研究者讀不懂本文，於是望而卻步；即使勉力而為，也必然導致研究結果的混亂，斷章取義，甚至走入誤區。

這是正確的論點——目前許多譯本都附有德文原文，對具有雙語或多語能力的歐洲學者與讀者，可收相得益彰之效，但中文譯者能德語者寥寥無幾，恐怕便多此一舉了。至於連英語修養尚且欠缺的中譯者，能否充分理解各顯神通的英譯本，並將涵義充分表達出來，恐怕亦屈指可數了。此外，除了袁洪敏所提到的對原文原義的了解外，她尚未指出的是翻譯者也需要相當的詩藝修養，特別是，里爾克的哀歌，正是要將不能說的說出（to speak the unspeakable），如此又豈是僅就字面的翻譯

便可以充分表達出來？以上也正是我翻譯哀歌的用心所在，正如詩人自撰的墓誌銘：

玫瑰，啊，純粹的矛盾。
欣喜於誰也無法在如此繁複眼瞼下
睡著。

最後，這兩本里爾克詩集《哀歌》與《十四行》的全譯能夠分別出版，還需感謝王德威教授向城邦出版集團旗下的商周出版社引薦，商周出版總編輯徐藍萍賞識。此外翻譯期間，多蒙蕭義玲教授不停閱讀與提供意見，陳銘華兄電腦技術多方協助，都是我要深深感謝的。

張錯 於 2022 年 3 月 8 日洛杉磯

第1首

（1912 年 1 月寫於義大利的亞得里亞海岸，杜英諾城堡）

假若我呼喊，誰在天使的階位

會聽到我？即使其中一位突然把我

貼向胸懷：我亦會被毀滅在

他千鈞之力。而美不過是

恐怖開始，我們僅以身免

敬畏在它平靜蔑視的踐躪下

每位天使均可怕。

所以我遏制自己，嚥下暗泣絕望

呼號。唉，誰會在那兒伸出援手？

不是天使，不是人

機警的獸類早已注意到

我們已不再熟悉這演繹世界

也許那兒尚留下山坡一些樹

讓我們每日經過遠眺

留下一些去日街道

一些日常習性的恣意

一旦染上便不會走掉。

啊！還有夜晚：那些夜晚

一陣無盡宇宙狂風咬嚙

我們臉孔，她不會為誰停留？不會

為誰想念？柔和虛幻的夜晚啊

逼近痛苦的是那一顆寂寞的心？

她對戀人會較寬容麼？其實他們

也是利用對方掩藏彼此的命運吧了。
難道你還不知道？把你手臂的虛無
拋擲向我們呼吸空間吧，也許鳥兒
感到大氣磅礡會更奮力飛翔。

是的，許多春日需要你，群星的一顆
指望你去感知。波浪的一片從過往而來
湧捲向你。或許走過一面敞開窗牖下面
一支小提琴為你響起，所有都是一種徵兆
你明白嗎？
從前你不是常被期望而狂亂嗎？
全都是有關某某心上人的來臨
（希望她在你處停佇，腦袋整夜
穿插一大堆奇怪妄想念頭）！
當思念滿懷，歌唱那些偉大的戀人吧
趁著傳誦他們的戀情尚未不朽，歌唱
讓你嫉妒的，被遺棄和絕望的，讓你
覺得比那些得償所願的更可愛
重新開始他們永遠失落的讚美吧！
鑒於：英雄永續，即使倒下也是
另種存在的前奏，一種終極重生。
可惜情侶氣數已盡，像少了一道力氣
去拚第二回。你是否想到加斯帕拉‧斯坦帕？^{（註 1-1）}
難道所有我們過去那些無盡折磨
不應開花結果？難道現在不是時候

在戀愛中，從情人中釋放自己
戰慄地，持久地：像箭滿弓弦
聚積到射出，比本身力道還強？
世間並無永遠原封不動之事。

聲音，聲音，聽著，我心之外
聖人才傾聽到，直至上帝呼喚
他們入神浮游，他們繼續跪著
視若無睹，全神貫注聆聽，不是
因你能承受上帝聲音，還差遠呢
還是去傾聽那些嘆息吧
在靜寂裡形成不斷信息
朝你竊竊飄來，那些早夭年輕人
每當你踏入那不勒斯或羅馬教堂
他們的宿命不就靜靜向你訴說？
或是一塊顯赫碑文讓你拜服
近如美麗聖塔瑪利亞的碑銘^{（註1-2）}
他們要我做什麼？就是讓我悄悄移走
使他們痛苦的歪曲不公的文字，有時
稍會阻礙魂靈的繼續前行。

一旦離別塵世有點不慣
放棄學會的一些習慣
玫瑰及其他事物對我們而言
只是承諾符號，並非用來演繹

信誓旦旦的人間將來了；
我們不再是從前一切，也不再是
永遠焦急的雙手去臻達所有成就；
甚至把姓名置放一邊
像拋掉一個破爛玩具。
不再去渴求曾經渴望的也很奇怪
從前集結起來的意義四處飄散。
死了很艱難，充滿著未完成，起先
尚有挽救幻想，直至慢慢
感到永恆跡象──雖然人活著
把生死區別看得太過分
天使（他們說）就不知帶著走動
是生者還是死者。永恆的浪潮
捲動世代前進，穿過生死領域
聲音沉沒在雷鳴般的呼號。

終於早逝者不再需要我們
他們從凡間斷奶，輕輕像孩童
長大離開母親乳房。但我們
需要知道的大奧祕──悲哀
經常是靈性成長泉源──我們
又怎能存在而缺少他們？
難道傳奇毫無意義告知
在利諾斯哀歌裡 ^{（註 1-3）}
最早勇敢的誦唱，穿透荒涼冷漠

在驚惶空間，一個少年郎
可愛得像一位神，驀然永別！
茫茫太虛，首次感到音韻的和諧
可以陶醉、安慰、及幫助我們。

☆ 評析

　　這首哀歌第一句「神來」之筆——「假若我呼喊，誰在天使的階位會聽到我？」是里爾克在穆佐城堡（Château de Muzot）的女庇護人瑪莉郡主，於她寫的《追憶里爾克》一書 P.41，有如下一段記載：

　　里爾克左右徘徊，為了如何回覆那封信而神思恍惚，忽地在沉思裡佇立不動，像有一個聲音在風雨中呼喚——「假若我呼喊，誰在天使的階位會聽到我？」……他再傾聽，悄聲低調詢問，「那是什麼？」……「來自那裡？」遂拿起隨身記事冊把這兩句話寫下，跟著不久又添加了想到的幾行。

　　「假如我呼喊」，是詩人尋求保護與友誼的絕望呼喊，第一個想到的當然是《聖經》的天使，但隨即理解到天使的龐大崇高，與凡人有一大段距離。無論排列在上帝任何階位的他們，都不會聽到他，甚至無動於衷：

即使其中一位突然把我
貼向胸懷：我亦會被毀滅在
他千鈞之力

　　當然天使不會無端去毀滅，但他永遠存在的龐大力源，與凡人渺小短暫相比，是不對稱的。即使小小一個友情擁抱，也會把凡人毀得煙消雲散。既然如此強烈對立，也就應了哀歌第

二首重覆的首句——「每位天使皆可怕」。如果如此可怕，難道美麗天使就不美麗？不是的，天使偉大莊嚴，光芒讓我們五體投地，歡喜膜拜，但隨即發現在燦盛光芒下顯得渺小，甚至是處於一種美的「平靜蔑視的踐蹌」，興高采烈之餘，所能感受到的只是「恐怖開始」，所以「每位天使均可怕」：

> 而美不過是
> 恐怖開始，我們僅以身免
> 敬畏在它平靜蔑視的踐蹌下
> 每位天使均可怕。

被隔離、被拒絕的我們陷入個體孤獨和「我們已不再熟悉這演繹世界」，所謂演繹世界（interpreted world）就是我們每日習慣熟悉的世界，譬如每天遠眺山坡一些樹，一些去日街道／一些日常習性的恣意／一旦染上便不會走掉。被隔離後，連群體雜居的機靈野獸都警覺到那種身無所屬，家無可歸（homelessness）感覺，也無法提供給別人一個家。

雖然還有夜晚作陪，但也沒法提供藏身處，冷夜無情，寒風凜冽，對情人也一視同仁，所謂相愛，並不代表結合在一起，其實只是兩個孤獨個體連結在一起，「利用對方掩藏彼此的命運吧了」。世間愛情多是肉體和物質的結合，而缺乏靈性與知識的昇華，也無法在一個國找到一個家，就連利用所愛的人也不能做到。

人還是人，許多外在環境會求索於你，譬如春天，不是一

個春天，而是每年每季的春天。夜晚天空的星辰，不是全部，而是其中一顆。或是海洋的波浪，不是全部，而是過往的一片。這些求索來自生命偶然的觸動，天邊閃爍星子來自內心最隱密的一角，海洋過往翻捲波浪來自過去一片記憶，可遇不可求，像路過一座樓房窗戶下面，悠然一只小提琴為你響起，引起共鳴，這些偶然都是一種徵兆（portent），這紛紛而來偶然的徵兆卻不斷困擾著他：

從前你不是常被期望而狂亂嗎？
全都是有關某某心上人的來臨
（希望她在你處停佇，腦袋整夜
穿插一大堆奇怪妄想念頭）！
當思念滿懷，歌唱那些偉大的戀人吧
趁著傳誦他們的戀情尚未不朽，歌唱
讓你嫉妒的，被遺棄和絕望的，讓你
覺得比那些得償所願的更可愛
重新開始他們永遠失落的讚美吧！

　　譬如心上人來訪，心中一大片奇怪妄想念頭，老是想有一個「家」讓她停佇，老是覺得有一種家無可歸的無助，甚至無法提供給別人一個家。也就是說，他把每一種偶然發生的徵兆看作能夠滿足他欲望的前奏，而不斷思考掙扎去怎樣完成，可是自己無家可歸既是事實，自然引申入更深一層意義——人生如寄，轉眼雲煙，又何有家可言？更莫逞論提供給來訪者一個溫暖的家了。但另一方面，里爾克不像一般詩人藝術家悲鳴於

生命的殘缺，相反，他要歌頌出那些殘缺之美，那些使人「嫉妒的／遺棄和絕望的讓你／覺得比那些得償所願的更可愛」的愛情，也就引出英雄永續不死的前奏，殘缺之美的愛情，有如英雄生前未竟功業，即使未竟，也是一種殘缺完成，萬世流芳，怪不得後世少女們：

想到加斯帕拉‧斯坦帕？(註1-1)
能讓任何被情人拋棄的少女都會感到
那種強烈激揚而無對象的愛情
讓她們對自己說：「我像當年的她就好了？」

　　由於歌頌，帶來歌的聲音，但在五色令人目盲、五音令人耳聾的人間，我們又如何聆聽到上帝或神的聲音？只有修行入神的聖人們才聽到而凌空而起吧？譯者在這裡襲用神祕主義入神浮游（levitation）一字，以符合里爾克的神祕觀念。本句德語原文為 aufhob vom Boden，英譯為 lifted them off the ground（Leishman & Spender），中文意思為「從地上舉起」。

聖人才傾聽到，直至上帝呼喚
他們入神浮游，他們繼續跪著
視若無睹，全神貫注聆聽，不是
因你能承受上帝聲音，還差遠呢

　　入神浮游就是我們所說的「懸浮」（levitation），由超自然力造成的升空，飄浮。但聖人們專心跪著祈禱不為所動，才

能聆聽到上帝之音。凡人如里爾克，只能在義大利一些教堂內
墓碑上閱讀死者生平，與鬼魂交流：

或是一塊顯赫碑文讓你拜服
近如美麗聖塔瑪利亞的碑銘[註1-2]

最顯著例子就是在威尼斯與瑪莉郡主同訪美麗聖塔瑪利亞
教堂，內裡祭台右邊有一塊墓碑銘用拉丁文這樣寫著，中英文
翻譯成如下：

While life lasted I lived for others;

now, after death,

I have not perished,

but in cold marble live for myself.

I was Hermann Wilhelm.

Flanders mourns for me.

Adria sighs for me,

poverty calls for me.

He died on the 16th September 1593.

我生前為他人而活
現在死後
並未殞滅
只在冰冷大理石自己活著
我是威廉‧赫耳曼

佛蘭德人為我哀悼
亞德里亞鎮為我嘆息
清貧召喚我
他喪亡於 1593 年 9 月 16 日

　　威廉・赫耳曼沒註生年，不知他年齡，但里爾克把他想像成一個年輕人，從年輕人夭折靈魂想到死亡意義，開始魂魄飄忽，很不適應，好像還有許多未完成的事等待去完成，就連玫瑰象徵也有所改變，它已經從代表信誓旦旦的將來，轉換成一種承諾符號。人不在，姓名也沒有什麼意義了，像拋棄一個破爛洋娃娃。直到進入沒有時間的永恆，才慢慢感到生死之間，並非如人間所云一刀兩斷的分隔，死，原來是生的延伸，即使天使有時帶領著亡魂前行，也分不出身後走著的是生者還是死者。

　　其實我們需要這些死者或早逝者多過他們需要我們，他們和大地母親斷奶後，攜走的就是我們一直想在生存知道的大奧祕，惟有他們的聲音或是歌神利諾斯的歌唱，我們才懂得在聆聽及靈性的接觸開悟裡，叫旋律節奏的和諧（harmony）：

在利諾斯哀歌裡[註 1-3]
最早勇敢的誦唱，穿透荒涼冷漠
……
可以陶醉、安慰、及幫助我們。

（註 1-1）

　　加斯帕拉‧斯坦帕（Gaspara Stampa 1523-1554），年僅 31 歲，義大利文藝復興重要女詩人，被她的年青情人哥勒天奴伯爵（Count Collaltino di Collalto）拋棄後，寫下一系列兩百多首哀怨纏綿的十四行抒情詩，不止記錄被拋棄情節，同時還寫出女性堅強孤獨的心聲。

（註 1-2）

　　美麗聖塔瑪利亞（Santa Maria Formosa）是義大利威尼斯的一座羅馬天主教教堂，由文藝復興建築師 Mauro Codussi 設計建於 1492 年，在一座 7 世紀教堂原址上。「美麗」Formosa 這名字是指聖母瑪利亞的美麗無垢容貌。里爾克於 1911 年到過那裡，觀看那些拉丁文刻著的碑銘。

（註 1-3）

　　利諾斯（Linos，又名 Linus）在希臘神話是阿波羅的兒子，被認為是抒情歌曲的先驅，也是輓歌或哀歌的化身，有一種古典希臘歌曲流派被稱為利諾斯，是一種哀歌（elegy）。他也被視為哀歌及一般歌曲旋律節奏的發明者，兄弟就是彈唱七弦琴的奧菲厄斯（Orpheus）。他死在阿波羅箭矢，因為太陽神妒忌他是音樂比賽的對手（神話尚有其他死因，與阿波羅無關）。據荷馬《伊利亞德》史詩（*Iliad*, XVIII, 570）內記載，人們每年向繆斯獻祭，都會先為利諾斯舉行葬禮（Lament for Linos），為他唱哀歌。

第 *2* 首

（寫於杜英諾，緊接第一首而寫）

每位天使皆可怕，然我命苦！
明知你們是誰，卻用歌去祈求
靈魂裡幾可致命的鳥群。
多俾亞的日子那裡去了？[註2-1]
當年你們光芒最燦爛的一位
站在門口稍微裝扮要出遠門
看來不再那麼怕人
（像個年輕人，那好奇望出去的年輕人）。
倘若現在大天使兒神惡煞自星辰背後[註2-2]
舉步下凡衝我們而來，我等心臟
一定會猛跳而死，你們究竟是誰啊？
早期的成就，造物主的寵兒
山巒湧現，晨曦峰頂展現紅霞
綻放神聖花粉，一切創世誕生
亮光連接一切，廊亭，梯階，王座
本質形成空間，天降神盾，思潮
捲湧成狂喜，驀然，孤寂的
鏡子：舀起它們淌出的美麗
全部聚攏回臉上。

當我們覺得深情的感動已蒸發
瞬間呼出消散，情濃淡似灰燼
消失如氤氳，有人會告訴我們：

「是的，妳在我血內，這房間，整個春天
全都是你……」又有何用？他不能保留
我們在他周圍及裡面消失。還有那些
美麗，誰留得住它？
容顏不斷顯現，一去不再復返
如草葉朝露，屬於我們的升起消散空中
像盤中熱食蒸氣。笑容啊，去了哪兒？
上翹的眼神啊！心情如海，潮湧潮落……
唉，但這就是我們，溶解我們的無垠虛空
就能感到我們嗎？天使們真的只回收
本身流出的光芒？或是偶然會追蹤到
我們本質留在他們裡面的痕跡？
我們容貌混淆著他們，曖昧有如
孕婦們臉上茫然的眼神，不會
讓他們在漩渦轉回天神本體時
被注意到（他們又怎能注意到？）

戀人，若他們知道這些，夜晚說話
又是多麼神妙，看來萬物矇蔽我們
樹木在，住過房子仍在，僅是
我們越過所有事物，像一陣風。
萬物合謀，隱瞞我們
許是一半出自羞愧，一半來自
不落言詮的心態。

戀人彼此互相滿足，讓我問妳
我倆的事，妳掌握自己，證據在那兒？
看！在一起時會發覺我的手注意彼此
或藉它掩蓋我的滄桑容顏，讓我有點
刺激。但誰又肯僅為此而存在？
而妳在對方熱情下激揚
直到淹沒，他求妳：「不要了吧……」
妳在自己手中
豐滿膨脹，像佳釀葡萄
有時陶醉退卻，對方已全部升起：
我問妳有關我們，我知道
妳如此幸福觸摸對方
因為愛撫一直徘徊停留……
手掌溫柔觸及的地方
不會消失，妳的擁抱
幾乎承諾彼此的永恆。
可是第一眼的慌亂，窗前的思念
只有一次首度同行穿過花園
戀人，妳是否仍如往昔？當妳投懷
送吻──吮吸復吮吸，奇怪吶！
飲者竟然閃避他的角色。

難道妳不會驚訝於阿提卡碑石^{（註 2-3）}
那些雕刻人像拘謹的手勢？
難道愛與離別那麼輕易放在肩膀

像和我們不同的材料製造？想想看
那些手輕輕垂下，雖然軀體依然有力
自我克制的人知道，從這裡開始，我們
只可到此，這是我們，如此而已。
眾神或想逼迫我們更進一步
但已是祂們的家務事了。
只要在河流與岩石間擁有一塊狹細
清純自足，人間豐沃園地就夠了！
像其他人一樣，我們的心
經常逾越我們，再不能跟隨它
凝視成從心所欲的畫面，或是
似神的身體，去取得更大自控。

☆評析

　　此詩首句重複哀歌第一首的第七句，這些天使既可愛也可怕，而他們以「天神」（god）的身分與「凡人」（man）身分相比，自有其隔閡對立，至於天使在上帝身傍的階位（angelic order），可參閱下面註 2-2 的解釋。

　　大小天使之分，他們已從中世紀僅供職為上帝信使，提升為極具威力天神，成為一群能夠飛入人的「靈魂裡幾可致命的鳥群」，鳥群當然是指天使帶翅飛翔的形象。

　　出現在多俾亞眼前的大天使拉斐爾，為天主教義九品天使內總領天使（Archangel）之一，假使他從上天向人跨出一步，人的心臟加速跳動必將猛跳而死。但天使可怕不是代表邪惡，而是顯示其鉅大無比，「幾可致命」翅膀掠過人的靈魂時，的確可以取人性命。但凡人的好奇心猶未息，天使天使，你們究竟是誰啊？原來他們就是造物主的最早成就，與天地共生共存。

　　聖奧古斯丁在《懺悔錄》第十二章內曾說過，《聖經》第一句「起初，神創造天地」中所謂的「天」，不是單指天空（firmament），而是指包括在天空的天使。這些天使群就同地上萬物一樣，分享世間一切，其分別在：他們不是物質性的時間有限存在，而是純靈性的永久存在，自本身的能力、個性以及其職責，產生出在天上的階位，高低等級不同，共分九品（Nine Choirs）。九品從上到下之名稱為：熾愛天使（Seraphim）、普智天使（Cherubim）、上座天使（Thrones）、宰制

天使（Dominions）、異能天使（Virtues）、大能天使（Powers）、掌權天使（Principalities）、總領天使（Archangels）、天使（Angels）。

《杜英諾哀歌》的第一、二首完成於同一時間，應作為一單元看待，其他八首寫於十年後，可視作另一單元。在第一、二首內的九品天使，可包括三品，即總領天使（又稱大天使）、上座天使、天使。

《聖經：創世紀》裡有關亮光的出現：「神說：要有光，就有了光……天上要有光體，可以分晝夜，作記號，定節令、日子、年歲，並要發光在天空，普照在地上。事就這樣成了。」里爾克的描述裡，光的照射下：

> 早期的成就，造物主的寵兒
> 山巒湧現，晨曦峰頂展現紅霞
> 綻放神聖花粉，一切創世誕生
> 亮光連接一切，廊亭，梯階，王座
> 本質形成空間，天降神盾，思潮
> 捲湧成狂喜。

成群造物主寵兒的天使在晨曦裡，有如山巒峰頂湧現的紅霞，放播神聖花粉，隨著播種花粉，世界一切創世誕生，隨著亮光天使們的穿透，本質形成空間，廊亭出現，梯階出現，王座（Thrones 上座天使）出現，一切從無到有，天使們（angels）有如天降神盾，讓人眼花撩亂，思潮捲湧狂喜。

《創世紀》繼續說:「神說:我們要照著我們的形像、按著我們的樣式造人,使他們管理海裡的魚、空中的鳥、地上的牲畜,和全地,並地上所爬的一切昆蟲。神就照著自己的形像造人,乃是照著他的形像造男造女。神就賜福給他們,又對他們說:要生養眾多,遍滿地面,治理這地,也要管理海裡的魚、空中的鳥,和地上各樣行動的活物。」

　　六日辛勞,一切回歸秩序,有晝有夜、日月星辰、春夏秋冬,神就照著自己的形像造人,乃是照著他的形像造男造女。神就賜福給他們,一切有如一面鏡子的反射,一切淌出的美麗,全都像杓子舀起聚攏回一張美麗的臉龐。

　　驀然,孤寂的
　　鏡子:舀起它們淌出的美麗
　　全部聚攏回臉上。

　　失樂園後,我們存在只是短暫,氣息吸入呼出,有如燃燒薪木,吸入如火燒木,呼出轉淡成為灰燼,雖然仍有氤氳飄浮,也不過是灰燼傳遞入另一灰燼吧了。親愛的人常給甜蜜保證——血肉相連,春天房間……其實也自身難保,又談何什麼青春永駐呢?一旦不存在,「溶解我們的無垠虛空/就能感到我們嗎?」人神有別,我們與天使之間,他們「真的只回收/本身流出的光芒?或是偶然會追蹤到/我們本質留在他們裡面的痕跡」嗎?上帝既然「我們要照著我們的形像、按著我們的樣式造人……」,那麼天使的容貌與我等自是相同,所以「我

們容貌混淆著他們，曖昧有如／孕婦們臉上茫然的眼神，不會／讓他們在漩渦轉回天神本體時／被注意到（他們又怎能注意到？）」，那又是多麼美好的一回事！

若戀人知道人可以分享天使部分光芒，那又是多麼美妙晚上的談資。可惜天地不仁，以萬物為芻狗，青春流逝，不知不覺裡，時間在生命偷偷溜走，好像一切都沒有改變，其實：

> 樹木在，住過房子仍在，僅是
> 我們越過所有事物，像一陣風。
> 萬物合謀，隱瞞我們
> 許是一半出自羞愧，一半來自
> 不落言筌的心態。

戀人僅知現在，依戀現在，互相愛撫，互相滿足，跟著一大段是里爾克的情色描寫，其中倆人接吻吮吸，「飲者閃避他的角色（the drinker eludes his part）」，是指擁抱中雙脣相接，彼此雙脣即成杯子與飲者，對方的脣便成為飲者的杯子，吮吸復吮吸，然而飲者竟然閃避飲下的任務，奇怪呐！也算幽默。

> 戀人，妳是否仍如往昔？當妳投懷
> 送吻——吮吸復吮吸，奇怪呐！
> 飲者竟然閃避他的角色。

多俾亞傳（Book of Tobias）在〈啟示錄 5:4，16〉屬於天主教和東正教《舊約聖經》的一部分，但不包括在新教的《舊約聖經》裡，描述一個充軍亞述（Assyria）的以色列家族故事，托彼特（Tobit）以第一人稱描述他被充軍的經歷，而後敘述的主體轉到托彼特之子，年輕的多俾亞（Tobias）身上，他被父親託付出門去收回寄放在一個親戚的存款，而大天使拉斐爾（Archangel Raphael）則喬裝成為多俾亞的旅伴和嚮導，並且帶著多俾亞一條狗隨行。後來拉斐爾說明他的真實身分，乃是侍立在天主身旁七位大天使之一的拉斐爾。

詩中第一段的大天使應是指拉斐爾，「像好奇望出去的年輕人」指好奇的年輕人托俾亞，從窗戶望出去看到站在門口年輕的拉斐爾。

（註 2- 2）

天主教誦唸的《玫瑰經》（Rosary）內「榮福五端」聖母升天後，「天主立聖母於九品天神之上，以為天地之母皇」。天神為天使別名，其階位（Angelic Order）分三級九品（Nine Choirs），即上級、中級、少級各三品，里爾克提到的天使拉斐爾（Raphael）屬少級三品內的大天使，屬總領天使（Archangel），其他包括米迦勒（Michael），加百列（Gabriel）等，皆常負有上帝給予的特別使命，尤其天使加百列，背負告知瑪利亞聖子誕生（Annunciation）及聖母蒙召升天（Assumption）的使命。他們都有翅膀，所以里爾克稱他們為「靈魂裡可以致命的鳥群」。

學者專家一般均引述里爾克 1925 年 11 月 13 日寫給波蘭語譯者維托爾德・胡萊維奇（Witold Hulewicz, 1895-1941）的覆信，內裡說：「哀歌中的天使與基督教天堂的天使毫無關係，毋寧說與伊斯蘭的天使有關……」，其實是詩人信中誤導。里爾克一直是信心堅定的天主教徒，他的天使與伊斯蘭的天使無關，毋寧說與當時他響往與認識的德國神祕主義有關。他認為哀歌中的天使是一種高層延續記憶體的靈性存在，和人類低層的感官人性存在不同，我們活著，看到的，感覺到的，就存在，但隨著時間我們死亡，就不看到感覺到，就不存在了。

看來萬物曚蔽我們
樹木在，住過房子仍在，僅是
我們越過所有事物，像一陣風。

但是「造物的寵兒」天使們就不一樣：

一切創世誕生
亮光連接一切，廊亭，梯階，王座
本質形成空間，天降神盾，思潮
捲湧成狂喜，驀然，孤寂的
鏡子：舀起它們淌出的美麗
全部聚攏回臉上。

還有那些美麗，誰又留得住它們？
相似容顏不斷出現，一去不再復返
有如草葉朝露，屬於我們的，消散空中
像盤中熱食蒸氣。笑容啊，你去了那兒？
上翹的眼神啊！心情如海，潮湧潮落……
唉，但這就是我們，溶解我們的無垠虛空
就能感到我們嗎？

　　肉身消失後世界景物隨即消失，天使的靈性本質卻是在不可見事物中，辨識出現實性一個更高的層級，所以天使是「可怕的」。里爾克「兇神惡煞」的大天使是天主教義的九品天使內的總領天使，與伊斯蘭教義的大天使不同。
　　伊斯蘭教沒有像中世紀基督教神學家制定的「天使等級」那樣擁有明顯的劃分天使等級的制度，大多數伊斯蘭學者認為這並不是一個重要的話題，因為它並未在可蘭經中被提及。大天使中，以吉卜利勒（Jibril）為伊斯蘭教中地位最崇高之大天使，其專職使命是負責傳達真主的訊息。其次就是與基督教義相同的大天使米迦勒（Mikail），地位僅次於大天使吉卜利勒，為伊斯蘭教中地位第二高之大天使。其專職使命是奉阿拉派遣，負責觀察宇宙萬物，並與吉卜利勒一同處理天庭的日常事務。但是米迦勒大

天使並未個別出現在里爾克這首輓歌內。

（註 2-3）

　　在古典建築中，阿提卡風格（Attica style）指的是建築物正面檐口或柱頂盤上方所雕刻的人像或故事。建築頂部裝飾在古希臘建築中特別重要，被看作是阿提卡風格的典型代表。Attic 本是 Attica（阿提卡，希臘地名）的形容詞，而阿提卡就是雅典所在地區。

第 *3* 首

（1912 年始於杜英諾，同年完成於巴黎）

歌唱心上人是一回事，天啊！頌揚
潛伏血內罪惡河神又是另一回事。
她認識的遠方戀人究竟知道多少
那欲望之神？經常在他寂寞的心
尚未被她安撫，就當作她不存在
自不知名深處揚起神格流動而出
把夜晚撩成無盡的吶喊？
啊！我等血內的海神，可怕三叉戟！
啊！那來自旋紋螺殼深黑暴開的胸膛！
聽！夜晚怎樣變得凹陷空洞，天上星辰啊！
情人欣喜於對方容顏不是自你而來的嗎？
難道他對她純淨面龐的親密洞察
不是來自最純淨的星光？

不是妳啊，也不是他母親
把他眉毛揚起如弓
也不是與愛慕的少女見面
雙唇開始彎成更豐沃曲線
妳真的相信溫柔舉止能讓他
方寸大亂？妳呀，步履輕盈如晨風
真的，妳讓他害怕，首次破碎接觸
更遠古恐懼便已撞擊他的心。
去找他呀！妳自然不太可能

把他從那群結交的陰暗友群叫出來
當然他試過，逃離他們，如釋重負地
住在妳親密的心，接受它並重新開始。
但他曾否從自己開始過，有麼？
母親，妳開始他的生命，細小的他
對妳而言是新來，妳撐開年輕眼睛
看一個友善世界，避開那個陌生的。
妳用瘦弱身體擋住那些冒起深淵
那些年頭又到那兒去了？
妳盡量瞞著他，把晚上可怕的房間
變得全無惡意，妳內心偉大的避難所
有著更多人性空間，多過圍繞他的黑夜
放好的夜燈不是在黑暗
而是更多親情照射出來
妳微笑解釋任何古怪聲音
就像早已知悉地板什麼時候會……
他聽了就會安靜下來，妳的存在
溫柔有力，每次呼喊都會輕聲走來
站在床邊，長如披衣斗篷的命運
就會退縮回衣櫥後，不安的未來
暫時被延擱在窗簾輕飄的摺縫。

他舒服躺在那兒
混淆著睏睡眼瞼
妳的輕巧身體甜蜜

發揮出欲睡的感覺

那末帶著守護性……但裡面

誰又能抵擋、防止在他裡面

原始的泛濫？唉，睡者沒有防守

睡而有夢，狂熱亢奮，開始著手

如此新手，如此膽小，被捆綁在

一直匍匐越界的觸鬚裡面

扭曲成各種原始圖案，成為遏制的成長

成為被狩獵動物？他是怎樣屈服的

那樣愛著，愛著他的內在世界，內在狂野

體內的原始森林，淡綠的心佇足朽腐樹木

那樣愛著，那樣離開，穿過自己根鬚再冒出

進入狂暴開始，那裡早就渡過他的誕生時期

降落入可愛早期血液，裂縫躺著祖先流出的恐懼。

恐怖都認識他，像同謀向他眨眼

是的！暴行向他微笑……母親，妳很少

笑得溫柔，他又怎能不去愛如此向他的微笑？

即使他在認識妳前就喜歡，妳懷他在水囊時

那微笑已在水裡溶化，把胚胎變得無重量。

明白嗎，我們不像花朵一季就實現愛

當愛時，一種遠古樹液自手臂

浮現。親愛的少女，是這樣的

我們愛著不是眼前人，是一種無法估量的發酵

不是單獨一個小孩，還有我們先祖的群山脈脈

遠古母親乾涸河床——在風雲變幻
無聲無息命運景色裡，親愛的女孩
這些均比妳超前。

而妳自己又怎知道——
從情人處喚回多少遠古時光
過往人物在內心如何沸騰——
那些女人自他那兒仇恨過妳？
多少邪惡男人被妳挑動年輕血脈？
死去的孩子要找妳……噢，輕輕地
教他每日完成喜愛而有自信的工作吧
指點他接近花園，給他
超凡的夜晚
抑制他。

☆ 評析

哀歌以開首兩句破題，成為詩人辨證的兩面：

歌唱心上人是一回事，天啊！頌揚
潛伏血內罪惡河神又是另一回事。

心上人（少女）vs. 罪惡河神（它是一種 *numen*，拉丁文，神明，一種精神的引導力量），這罪惡河神被稱為「欲望之神」（God of Pleasure，有耽樂、快感之意），每當年青人未被少女安撫寂寞的心時，河神便會揚起神格（godhead）蠕動而出，撩動夜晚。

辨證一正一反，少女代表純潔、溫柔、光亮，情人對她美麗容顏的欣喜，乃是來自天空純淨星辰的照射。河神或希臘神話的海神（Neptune）恰好相反，他手持三叉戟，敞開胸膛，兇神惡煞，代表情欲、粗暴、黑暗，夜晚為之變型凹陷空洞。

第二段的他仍是那年青人，但「她」或「妳」，卻進一步分裂為少女與母親，少女的純真，無從了解年青人潛意識的欲望與性愛（Eros），即使他自己，也無法知道星光照射下親密洞察的那張臉，是來自最純淨的星光，還是來自自己心底的性愛衝動？更自然不可能：

把他從那群結交的陰暗友群叫出來
當然他試過，逃離他們，如釋重負地

住在妳親密的心，接受它並重新開始。
但他曾否從自己開始過，有嗎？

　　所謂陰暗友群，並非專指什麼損友，更貼切的應是於年輕人原始衝動與誘惑，若要逃離，一個人無法完成，直到找到心上人，住進她的親密的心。他的成長倚靠，另一個保護者就是母親，像溫柔纖細的少女，她用瘦弱身體不讓他掉落不斷冒起的深淵（surging abyss）：

擋住那些冒起深淵
那些年頭又到那兒去了？
妳盡量瞞著他，把晚上可怕的房間
變得全無惡意，妳內心偉大的避難所
有著更多人性空間

　　保護者只能抵擋外在恐懼的侵入，譬如黑暗房間，發出怪聲地板，但是隨著成長而來的「原欲」（libido）快感，卻浮沉於日間與夜晚意識與無意識作祟：

原始的泛濫？唉，睡者沒有防守
睡而有夢，狂熱亢奮，開始著手
如此新手，如此膽小，被捆綁在
一直匍匐越界的觸鬚裡面
扭曲成各種原始圖案，成為遏制的成長
成為被狩獵的動物？他是怎樣屈服的

那樣愛著，愛著他的內在世界，內在狂野
體內的原始森林……

如此一來，少女的純真暴露出她的局限：

親愛的少女，是這樣的
我們愛著不是眼前人，是一種無法估量的發酵
不是單獨一個小孩，還有我們先祖的群山脈脈
遠古母親乾涸河床——在風雲變幻
無聲無息命運的景色裡，親愛的女孩
這些均比妳超前。

因此少女與她情人的交往有一段距離，純真少女首次愛情
新鮮而美麗，對方的他卻被勾起過往種種創傷：

那些女人自他那兒仇恨過妳？
多少邪惡男人被妳挑動年輕血脈？
死去的孩子要找妳……

男人過去回憶有如靨夢，女人妒忌她，邪惡男人挑起邪念，
娃娃要她重新給予生命，少女能做的只能是：

教他每日完成喜愛而有自信的工作吧
指點他接近花園，給他
超凡的夜晚

抑制他。

　　花園是一個明顯象徵，代表自然與人的和諧，少女還可以指點他遠離混亂與過分無節制，夜晚能夠「超凡」，完全在乎他的抑制。

第4首

（完成於慕尼黑，第一次世界大戰期間，11 月 22-23, 1915）

生命之樹啊，你的冬天何時來？
不像候鳥，我們從未一心一意
也常困惑，有時超前有時落後
忽地被風帶走，降落在
冷漠的湖泊。我們知道
花開時也花落，某處
獅子仍在徘徊，全不意識到
揚威耀武下的罩門。

我們專注於某一事物
卻同時感到其他牽扯
矛盾是後天癖好。戀人們
不是永遠把對方推向極限嗎？
互相承諾遠景、狩獵、家庭嗎？
也許會有剎那的即時描繪
一些背後頗費心機準備的對比
讓我們看到，非常清晰明瞭
因我等實不懂感情曲線細節
除非勾勒出一些背景輪廓
誰不緊張內心矇蔽幃幕後面？
一經拉開，就是分手情景
非常容易了解，熟悉花園
輕輕搖晃，然後舞者出場

不應是「他」啊！算了吧
他是冒充的，變成中產階級
無論如何輕步前來
我才不要半吊子面具！
寧願是木偶，它是真實，我可忍受
披上皮囊，吊上提線，臉孔不過粉墨
在這兒，我已準備好等待
即使燈光熄滅，即使被告知
「戲已演完了」——即使舞台
灰暗空虛的氣流飄盪入來
即使所有沉默祖先，沒有
一個坐在身旁，沒有女人
連斜視棕眼的小孩也沒有
無論如何我將留下，繼續觀看。

我說得對嗎？你如此命苦
父親，當你舐嘗我
首次的「必須」混亂灌輸
我繼續成長，你繼續舐嘗
依舊著迷我怪異將來的餘味
試圖尋找那矇矓凝視——
為了渺茫的命運
你經常擔心我心底願望
父親，自你棄世，靜靜
放棄死者擁有的寧靜國度

我說得對嗎？而你，我說得對嗎
從我對你小小的愛開始愛我，而我甚至
經常置之不理，對我而言，即使
當我愛時，你的臉孔變得遙不可及
你再也不是……當我心情準備妥當
在木偶舞台，不，僅是對它用力凝視
到了最後定是天使前來扮演，去彌補
我的凝視，把我的皮囊脫掉
天使與木偶，終於上場表演
存在多年的分隔終於在一起了
終於把季節的循環遞變帶來了
天使在天上表演，看呀，垂死的人
該不會以為我們在此
充滿藉口完成一切吧？
其實事情沒有真相，童年時光
在時鐘指針背後，比過去還多
我們面前不是未來，即使
成長有時甚至催迫趕快
有一半是為了他人成熟
沒有其他任何原因
即使我們孤單寂寞
也會用長長久久來娛樂自己
站在世界與玩物空間
那裡一開始就建立純粹事變
誰又會告訴孩子一個定點？誰會

把這定點放在宿命星座？誰能把分岐
放在手上衡量？誰讓孩子之死
看作來自變硬灰色麵包，或是讓他
留下圓張小嘴像一顆
漂亮蘋果核心？兇手企圖
容易追蹤，但非死亡
死亡的全部——即使生命開始之前！
輕柔掌握它吧，不要憤懣：
那是無從分解的。

☆ 評析

關於生命之樹，《舊約聖經》〈創世紀〉有載，「耶和華神在東方的伊甸立了一個園子，把所造的人安置在那裡。耶和華神使各樣的樹從地里長出來，可以悅人的眼目，其上的果子好作食物。園子當中又有生命樹和分別善惡的樹。……耶和華神將那人安置在伊甸園，使他修理看守。耶和華神吩咐他說，園中各樣樹上的果子，你可以隨意吃。只是分別善惡樹上的果子，你不可吃，因為你吃的日子必定死。」結果那人（亞當）聽了伴侶夏娃的話，吃了分別善惡果子，知道凡人必死，上帝怕他再吃生命之樹得以永生，遂把他們逐出伊甸園。

詩人里爾克問：「生命之樹啊，你的冬天何時來？」

他似乎在問，如果沒有分別，冬天永不會來，得到永生又如何？如果沒有知識去分辨善惡，趨善去惡（就像夏娃沒有分辨力，聽信魔鬼毒蛇的話），長生不老又有何用？有了知識，知生死、去犯禁吃生命樹果子、失樂園幾乎是一定的。

上帝既然無所不知無所不能，為什麼還要創世紀？答案是，祂給了「人」一個存在的選擇，要長生不知善惡，還是要在有生之年去學習，知生死，惜聚散，懂離合。詩人知悉存在的意義，所以才大膽的去詢問長生樹，冬天什麼時候才會到來？

長生而沒有知識又有何用？長生不知春夏秋冬四季循環的規律又有何用？獲取知識要付出代價，知識繁複，凡人思想矛盾，囿於局限，經常三心兩意：

不像候鳥，我們從未一心一意
也常困惑，有時超前有時落後
忽地被風帶走，降落在
冷漠的湖泊。我們知道
花開時也花落，某處
獅子仍在徘徊，全不意識到
揚威耀武下的罩門。
我們專注於某一事物
卻同時感到其他牽扯
矛盾是後天癖好。

　　有了生死，生命遂被時間測量，生命是什麼？是一段時間
（a passage of time），有始終，如一幕舞台劇，演員坐在帷幕
後面準備開場：

誰不緊張內心曚蔽幃幕後面？
一經拉開，就是分手情景

　　幃幕有兩種，一是舞台幃幕，演員坐在幕後準備開場，另
一種是「內心曚蔽幃幕」（own heart's curtain），隱藏在心裡，
一經拉開，就是分手場景，非常容易了解，在熟悉花園，輕輕
搖晃。真是人生如戲，戲似人生，但出現舞台的不應是「他」
啊，他不過是一個演員，是冒充的，舞台面積有限，在劇中變
成中產階級後，從廚房的門就走入居所。

詩人才是真正演員，但他不要戴上半吊子的面具：

寧願是木偶，它是真實，我可忍受
披上皮囊，吊上提線，臉孔不過粉墨
在這兒，我已準備好等待
即使燈光熄滅，即使被告知
「戲已演完了」──即使舞台
灰暗空虛的氣流飄盪入來

靜靜一個人坐著，沒人相陪，沒有祖先，沒有女人，沒有童年好友──那棕眼斜視童年遊伴，艾岡‧封‧里爾克（Egon von Rilke）是里爾克大兩歲的堂兄，早夭。細節見《給奧菲厄斯十四行》第二卷第八首。

關於里爾克和父親的詩中最後一段，父子倆人相處的矛盾辛酸，里父原為軍人，因無法升遷只好退伍改在鐵路局任職，但一直想把兒子訓練為職業軍人，遂把他送去軍事學校，卻唸得一塌糊塗，讓這父親非常失望沮喪。又把他送去唸商科，同樣失敗。這就是所謂首次的「必須」混亂灌輸，父親追隨著兒子的成長，如飲啜一杯苦澀的茶：

我繼續成長，你繼續舐嘗
依舊著迷我怪異將來的餘味
試圖尋找那朦朧凝視──
為了渺茫的命運

你經常擔心我心底願望
父親，自你棄世，靜靜
放棄死者擁有的寧靜國度

　　兒子的將來他一直看不透，像看不穿兒子朦朧眼鏡背後的
凝視，甚至死後放棄死者的寧靜國度，一直等待看到真相。兒
子接受命運（Destiny）的安排，去做木偶戲的木偶，由天使牽
線，一舉手一投足：

存在多年的分隔終於在一起了
終於把季節的循環遞變帶來了

　　人間有冬天，春天也快來了，但是時間依然一分一秒進行，
即使：

成長有時甚至催迫趕快
有一半是為了他人成熟

　　他人應該是指里爾克的戀人莎樂美，她比他大 14 歲。

第 *5* 首
——獻給高歷女士 Hertha Koenig ^(註5-1)

（寫於 1922 年 2 月 14 日穆佐）

那就告訴我，他們是誰，這些飄泊者，比我們
這些人還多一點浪游，幼年便被迫
（被誰所迫？）──就只為了
永不滿足的作風？經常催使
他們彎曲，他們旋轉
拋出他們，再抓住他們
像從滑溜溜空氣飄下
降落在被他們不斷跳躍
毛線稀疏脫落陳舊地毯──
一塊被遺忘在世間的毯子
似一塊繃帶，像城郊天空
刮傷了土地又無人注意
理直氣壯般，彰顯德文
Dastehn 首字母大寫的 D 形……
最壯健男人滑稽翻滾
回來永遠被抓住，像奧古斯特強者 ^(註5-2)
轉動餐桌一隻白鑞盤子。

終於在這中心周邊
表演玫瑰綻放，花瓣飄落
圍住幹杵，雌蕊被自己綻放的
花粉塵感染，再次長出無趣果實

也無結果欲望，永不會意識到
光澤薄皮，輕巧，討厭的伴笑。

而他那年輕人，可能是魁梧漢子
與修女生的兒子，繃緊強壯
一身肌肉，乾淨利落。

你啊！當年痛苦尚是輕微
接受它像長期治療一個玩物……
你啊！那跳投
只有未熟果子才知道
每天從數百次和諧動作升起
再從樹上墮落（比水還快
數分鐘內穿過春夏秋）
掉落，自墳墓彈起
有時瞬間自你臉孔……
給寡情的母親
偷閃過一絲柔情
隨即在身體表面
消散那些稀少害羞
表情……那男人再次
擊掌示意飛躍
心臟急促跳動
提心吊膽之餘，一陣炙麻
感覺直趨腳板，淚滴急促入眼

期待那跳起飛躍
然後無所適從地
一陣微笑……

天使啊！拿走吧，採下吧！那細小綻放靈藥
造一隻瓶去保護它，把它和那些
尚未對我們開放的歡樂放在一起
在一只可愛雙耳甕罐吧
用高尚如花的銘文歌頌：
「江湖賣藝者的微笑。」
然後妳，親愛的
讓那誘人的歡樂
悄聲溜走，也許
衣裳的裝飾會高興
或是蓋在渾圓酥胸
金屬絲綢無限耽迷
而一無所求。妳啊！
冷靜得像賣水果的
公開展示在肩膀
站在搖曳平衡板
永遠不穩。

那裡，究竟是那兒我會緊記心頭？
他們尚未能勝任彼此
就像被安排走獸交配

還未完全成熟配對
便失手滑落。
重量鐵餅依然沉重
鐵圈依然搖搖擺擺
跌出他們徒然攪動的枝棒。

忽然在莫名疲憊之處
難以言喻太少的純粹
轉變成無法理解
太多的空無
多位數的運算
除盡後便無餘數了。

廣場，巴黎的廣場，無數的展覽
經營女衣帽店的拉莫夫人 ^(註5-3)
翻手為雲操作熱鬧世界
用不完綵帶，裁成新的蝴蝶結
服飾，花朵，帽章，水果
全是低劣假冒顏色
裝飾冬天帽子的命運。

天使，假如真有我們一無所知的所在
鋪著無法言喻的地毯，戀人表達所有
他們這裡無法完成的──以心的飛翔
大膽完成高處造型，高塔渴望

梯子互倚對方顫抖傾斜，操控
很久以前就沒有的地面
觀眾圍繞如無數沉默死者
他們能否表演這一切？那些死者是否會
擲出最後儲蓄起無人知悉的不朽歡樂錢
在無聲地毯一雙真誠微笑情侶之前？

☆ 評析

如參照本篇評析文末註 5-1 的說明，便知本詩資料來源有二則，一是畢加索油畫《街頭賣藝人》，二是在巴黎盧森堡公園入口廣場表演的比亞·羅蘭（Pere Rollin）馬戲團賣藝班子，里爾克曾在此處觀看過他們表演。

里爾克在 1922 年 2 月 19 日寫給莎樂美（Lou Andreas-Salomé）的信札中提到此詩為何要獻給高歷女士，是由於她於 1914 年 12 月購自畢加索畫於 1905 年的大號油畫（83¾ in × 90⅜ in）《街頭賣藝人》（*La Famille des Saltimbanques*），里爾克實在太喜歡此畫了，遂寫信請求趁她不在的 1915 年夏天，讓他入住這偉大作品之屋下，屋主答應了，里爾克在裡面和「顯赫畢加索」（glorious Picasso）住了四個月。

關於比亞·羅蘭表演的盧森堡公園，位在巴黎第六區（拉丁區），地方敞闊，與盧森堡宮、法國參議院比鄰而坐，因為佔地廣大，環境舒適而成為巴黎市民的活動遊樂場所，供有孩童玩要的旋轉木馬（carousel, merry-go-round），里爾克尚有「旋轉木馬——盧森堡公園」（*Das Karussell—Jardin de Luxembourg*）一詩，全詩中譯附錄於此評析後。

就是公園這種歡樂氣氛刺激，里爾克在哀歌開始，就詢問畢加索畫中的街頭賣藝家庭的淒涼景況：

那就告訴我，他們是誰，這些飄泊者，比我們
這些人還多一點浪游

這件藝術品描繪了曠野的六個巡迴演出的馬戲團藝人，被視為畢加索玫瑰時期或馬戲團時期的傑作。該組合將六位表演者組合在一起。但是，由於彼此不看對方，各人落落寡歡，沒有彼此聯繫的氣氛，也沒有一點表演時的歡樂氣氛，一些評論家甚至認為，這幅畫是畢加索初抵達巴黎時落魄及其藝術圈子的集體肖像，象徵藝者的心聲，他們的貧窮、獨立和孤立。

　　據說畫中站立五個人的位置，就像德文 Dastehn（站在那兒）首字母大寫的 D 形。

　　里爾克對此畫當然心領神會，把這些表演者「對人歡笑背人愁」的現實帶入他的詩，同樣可以成為一首偉大的歌！兩個空中飛人（acrobats）男女小孩怎樣辛酸被訓練，應是從里爾克觀看其他馬戲團表演的經驗：

　　幼年便被迫
　　（被誰所迫？）──就只為了
　　永不滿足的作風？經常催使
　　他們彎曲，他們旋轉
　　拋出他們，再抓住他們
　　像從滑溜溜空氣飄下
　　降落在被他們不斷跳躍
　　陳舊毛線稀疏脫落地毯──

　　誰擁有永不滿足的作風？當然是賣藝團的班主，藝人不斷

被操控，訓練翻筋斗，轉動。也像許多不得志的人文藝術工作者，每次完成發表的藝術品，千辛萬苦，卻沒有得到賞識青睞，這群沒有修養的讀者，像圍坐看馬戲的觀眾，僅為看表演者成功技藝而歡呼，而不知技藝者背後的辛酸險境。

在一個虛偽世界裡，技藝者沒有歡樂，卻憑技藝出賣歡樂；觀眾沒有歡樂，用金錢可買到歡樂。這也是一個疏離的世界，在歡樂買賣裡，沒有感情，只有交易及人際疏離。馬戲團世界也是一個流浪世界，有點像查理‧卓別靈流浪者的笑聲淚影。

表演者在旋轉舞台繫在一根幹杆，隨著轉台飛舞表演，像旋轉木馬，也像萬花筒，繽紛多彩，像一朵盛開玫瑰，人飛舞，花飄落，但這是沒有真情的表演，像雌蕊被花粉感染，長出乏味果實，也不會注意到為了討好觀眾裝出來的伴笑。

> 終於在這中心周邊
> 表演玫瑰綻放，花瓣飄落
> 圍住幹杆，雌蕊被綻放的
> 花粉塵感染，再次長出乏味果實
> 也無結果欲望，永不會意識到
> 光澤薄皮，輕巧，討厭的伴笑。

馬戲團除了雜耍者（juggler）、空中飛人、走索者（rope walker）、還有大力士（circus Hercules），可惜里爾克筆下的大力士已是人老珠黃不值錢，雖然仍身穿顯露肌肉的皮革衣裝，但身體已萎縮一半，英氣全無，淪為擊鼓手：

曾經強壯的大力士，凋敗皺摺
現今蒼老，只能敲著大鼓
萎縮在大而無當的皮革
像從前有兩個人在裡面，一個已經
躺在墓園，另一個比較長命⋯⋯

此外，關於年青空中飛人的跳投訓練：

那跳投
只有未熟果子才知道
每天從數百次和諧動作升起
再從樹上墜落（比水還快
數分鐘內穿過春夏秋）
掉落，自墳墓彈起

「墳墓」指地面，彈起，是從地面撐起有彈性的羅網彈起，
這種表演也包括空中鞦韆（trapeze）的訓練，「那男人再次，
／擊掌示意飛躍」，是指在地面指揮的班主。跟著：

心臟急促跳動
提心吊膽之餘，一陣炙麻：
感覺直趨腳板，淚滴急促入眼
期待那跳起飛躍
然後無所適從地

一陣微笑……

詩人祈求天使保護「那細小綻放靈藥」，就是那表演空中
鞦韆的女孩，衣飾性感華麗，「衣裳的裝飾會高興／或是蓋在
渾圓酥胸／金屬絲綢無限耽迷／而一無所求。／妳啊！」……

冷靜得像賣水果的
公開展示在肩膀
站在搖曳平衡板
永遠不穩。

然而盪鞦韆伴侶的準確配合極其重要，差之毫釐，繆以千
里，假若：

他們尚未能勝任彼此
就像走獸被安排交配
還未完全成熟配對
便失手滑落。

不平衡的配對（pairing），像力乏的大力士覺得舉重鐵餅
依然沉重，或是雜耍藝人用枝棒攪動的鐵圈，失掉節奏，搖擺
要跌出來：

忽然在莫名疲憊之處
難以言喻太少的純粹

轉變成無法理解
　　太多的空無
　　多位數的運算
　　除盡後便無餘數了。

　　平衡的不足或有餘，像轉動的鐵圈，不是太少的純粹，就是太多的空無，一旦到了無限空無，過猶不及，做得過分就好比做得不夠一樣，皆不妥當，多位總合（many digited sum）除盡後，便無餘數（solves into zero）了。

　　怪不得開始時要求天使去保護那表演空中鞦韆的女孩，「把那細小綻放靈藥／造一隻瓶去保護它」，但她的生涯吉凶未卜，後來詩人卻改口要求，把「尚未對我們開放的歡樂放在一起／在一只可愛雙耳甕罐吧。」雙耳甕罐（amphora）在古希臘常用作盛放骨灰，也就如同巴黎經營女衣帽店的拉莫夫人^{（註3）}醉生夢死的象徵，她的名字就是死亡。

　　詩最後一段最精采，詩人對天使說話等於和我們說話，「一雙真誠微笑情侶」是一對成功表演鞦韆飛人的男女，像一雙戀人表達世間不能用言語表達的，「以心的飛翔／大膽完成高處造型，／高塔渴望／梯子互倚對方顫抖傾斜，／操控／很久以前就沒有的地面」，高處造型是攀升到最高處，完成登臨高塔的渴望。他們分別利用兩張椅子互相碰撞，故意做出驚險的「互倚對方顫抖傾斜」動作。「沒有的地面」，就是不可能存在或接觸的地面，他們接觸的是網索，碰到地面就是不祥死亡之吻了。

沉默如死者的觀眾，興趣只在於表演者能否完成一切，滿足他們的期待，拋出讚賞歡樂錢，然而在無聲地毯的愛侶前，又有多少人明白經歷過愛情艱辛波折後的「真誠微笑」呢？

（註 5-1）

里爾克於 1915 年曾客寓於德國女作家、藝術家高歷（Hertha Koenig）女士在慕尼黑的住宅，起居的房間裡掛有一幅畢加索油畫真蹟《街頭賣藝人》，畫中描述一群江湖賣藝的飄泊者，對曾在巴黎為羅丹工作過的里爾克，至為熟悉，遂以此為題寫就第五首哀歌，並以此詩獻給高歷女士。

但此詩的創作動機並不止於畢加索的油畫，里爾克曾在巴黎的盧森堡公園（Luxembourg Gardens）入口處觀看過街頭賣藝人皮亞‧羅蘭（Pere Rollin）所帶領的賣藝班子表演。此外，學者專家認為波德萊亞（Charles Baudelaire）詩作「老賣藝人」（Le Vieux Saltimbanque）也有影響。

（註 5-2）

奧古斯特二世強者（Augustus II the Strong, 1670-1733），神聖羅馬帝國薩克森選帝侯及波蘭國王，對中國瓷器的瘋狂崇拜，前無古人後無來者，被認為是 17 世紀末和 18 世紀初造成歐洲宮廷輝煌最引人注目人物之一，因其身形魁梧、力大無窮而綽號「強者」、「鐵腕」，據說可徒手折斷馬蹄鐵、單手破牆。

（註 5-3）

拉莫夫人法語為 Madame Lamort，虛構人物，但若把其姓氏拆開，La mort 即是死亡，死神夫人之意。

☆ 附錄：

旋轉木馬——盧森堡公園
　　里爾克 詩
　　張錯 中譯

　　隨著屋頂下影子旋轉，稍會
　　一群彩繪馬匹——全都來自
　　那塊終將消失不見游移土地
　　雖然有些拴緊在車架
　　但臉上全都兇悍可怕
　　一隻強悍紅獅身旁同行
　　還不時出現一隻大白象。

　　連麋鹿也在，像林木裡
　　只不過它有個鞍子，上面
　　緊繫著藍衣小女孩
　　一個白衣男孩騎著
　　獅子，小手順手抓住
　　這時獅子露出它的牙舌
　　還不時出現一隻大白象。

　　他們騎在馬上掠過
　　還有女孩，光鮮亮麗，差不多超齡
　　去玩這騎馬了，在旋轉中途

她們會抬頭看遠方，就這樣
還不時出現一隻大白象。

就這樣匆匆走完
毫無目的轉著圈
紅色，綠色，灰色急促滑過
小小留影，匆忙一瞥
每次不時出現的微笑，逐漸遙遠
迷人，銷魂，奢華
在這盲目氣急敗壞遊戲裡。

Das Karussell—Jardin de Luxembourg

Beneath a roof and with its shadow spins
for just a little while the stock
of painted horses—all are from the land
that lingers on before it vanishes.
Though some are hitched to carriages
they all show fierceness in their faces;
a frightening red lion walks among them
and now and then there's a white elephant.

Even a stag is there, like in the woods,
except he bears a saddle and above it
a little blue girl, firmly fastened.

And on the lion rides a boy in white,
who holds on with a small hot hand;
meanwhile the lion shows his teeth and tongue.
And now and then there's a white elephant.

And on the horses they come passing by,
girls also, luminous, almost too grown up
to join this horse ride; in mid-swing
they look up, somewhere, this way
And now and then there's a white elephant.

And so it goes and hurries up to finish,
and turns and circles only without aim.
A red, a green, a gray sent gliding by,
a little profile, barely seen and gone
And every now and then a smile, turned hither,
enchanted, ravishing, and lavishing
upon this blind and breathless game.

第 6 首

（始於 1912 年 11-12 月西班牙，1914 年巴黎續寫，1922 年完成於穆佐）

無花果樹，長久以來終於明白
為何幾乎全部放棄花期
催動純粹奧祕不受稱讚
醞釀成為早熟果實。
枝椏舒展像噴泉彎曲水管
樹液上下注入，幾乎沒有驚醒
睡夢的它，爆裂最甜蜜成果
像天神變為天鵝。

但我們仍然猶豫，天啊！
驕傲於花開，進入早已
被出賣的內部終極果實。
只有少數強行催促停止
內心熾熱的充盈，同時
開花的誘惑像柔和晚風
溫柔撫觸花脣，花瞼。也許
都是英雄，但一些注定放棄
脈絡根管為園藝殺手扭曲
另一些衝往自己綻笑前面
像卡納克發掘出來法老王
凱旋的淺浮雕馬群。

很奇怪英雄與年輕夭折者同一族類

餘生與他無關，升起才是他的存在
進入經常變化星座
那兒很少人能找到他，但有時
命運忽然授意我們一個暗色祕密
把他歌唱入風雨婆娑世界
從未聽過像他這樣，流動氣流
自我那兒湧出他的響亮聲調。

我是多麼歡喜能隱藏那些渴望
多希望是一個小孩走過來倚坐
將來的臂彎，誦讀參孫及他母親
如何從無到有把他生下來。

啊！母親，難道他在妳裡面
不早已是英雄？貴族氣質
早已被選擇好？成千上萬
醞釀在子宮希望做他，但看呀
舉手投足間就把他們全部打發
如果他曾推倒巨柱，那就是自妳
體內爆發進入狹窄世間，任意施為。
英雄的母親啊！
激流的泉源！
哭泣少女傷心欲絕
縱身躍下的峽谷
成為兒子的祭品

每當英雄衝過愛情關卡
每次為他懸念的心跳
就把他高高舉起——
他佇立所有微笑的末端
轉身離去，變形為他者。

☆ 評析

很多人都知道，無花果是花不是果，果實呈球根狀，尾部有一小孔，花則生長於果內，近小孔處長有雄花，遠離小孔的頂部長有雌花，另外生有不育孕花。整夥無花果就是在一個大花托內包裹著雌花雄花，無花果的果實，就是它的花朵、花蜜和花托，稱為「隱頭花序」。

所以無花而成果，正是里爾克理想的生死繁殖隱喻，即所謂：

催動純粹奧祕不受稱讚
醞釀成為早熟果實。

至於天神與天鵝，是指希臘神話宙斯（Zeus）天神，化身天鵝，誘姦沐浴美女麗達（Leda），使其懷孕生下傾倒眾生的海倫，引發特洛伊木馬屠城的戰爭。詩中首段八行，幾乎就是性愛描寫，那種純粹奧祕，不讓人知，不受稱讚，悄然在裡面懷孕醞釀為早熟嬰兒或果實，「爆裂最甜蜜成果」。

但是人間的「人」或某些「英雄」期待開花的欲望大過果實安靜的醞釀。

里爾克的《給奧菲厄斯十四行：下卷》第 22 首內，曾提到座落於埃及尼羅河東岸的卡納克（Karnak）神廟，興建於公元前 18-16 世紀，是由許多神廟所組成的建築群，為目前埃及最古老、最壯觀的神廟。里爾克於 1911 年居住埃及兩個月，

曾訪卡納克參觀這群巨大無比的圓柱及柱上象形雕刻遺跡，震驚於埃及遠古神祇在美索不達米亞的文化魔力，有如奧林匹克山希臘諸神在西方文明的神話啟蒙。

有關參孫（Samson）典故出自舊約聖經〈士師記〉，他生於前 11 世紀的以色列，父親瑪挪亞（Manoah），妻子本不孕，後來上帝的恩典臨到他們，叫天使去指示他們會生一個兒子：

> 「那時，有一個瑣拉人，是屬但族的，名叫瑪挪亞。他的妻不懷孕，不生育。耶和華的使者向那婦人顯現，對他說：向來你不懷孕，不生育，如今你必懷孕生一個兒子。所以你當謹慎，清酒濃酒都不可喝，一切不潔之物也不可吃。你必懷孕生一個兒子，不可用剃頭刀剃他的頭，因為這孩子一出胎就歸神作拿細耳人。他必起首拯救以色列人脫離非利士人的手。」（13章）

參孫藉著上帝所賜的極大力氣，徒手擊殺雄獅並隻身與以色列的外敵非利士人（Philistines）周旋，本當可以有更大的作為，可惜個性頑強，不尊重律法和父母勸戒，隨自己喜好，娶非利士女子為妻，更隨意放縱肉體情慾，與妓女大利拉（Delilah）交往，不知儆醒，以為自己可以一面享受肉慾，一面保有力量，最後無法抵擋女色的誘惑和纏累，洩露了超人力氣的來源和祕密（也就是頭髮不能被剪掉）給敵人有可乘之機，被非利士人挖其雙眼並被囚於監獄中推磨，受盡差辱。

參孫因頭髮被剪，力量全失，被敵人關在監裡推磨；雖然

心中懊悔，卻也無計可施。後來，他的頭髮又漸漸長了起來。一次，非利士人要向他們的神祇大袞（Dagon）獻大祭，想利用此時再次羞辱參孫，於是就把參孫從牢裡帶出來，在他們的廟裡戲耍他。此時參孫向上帝懺悔，求上帝再賜給他力量，果然他的神力奇蹟般地回來了，抱住廟中兩根主要支柱，身體盡力往前傾，結果神廟倒塌，壓死了三千多人，參孫自己也犧牲在內。

里爾克詩中的英雄定義，是存在（being），英雄沒有餘生，存在就是一切，所以：

> 很奇怪英雄與年輕夭折者同一族類
> 餘生與他無關，升起才是他的存在
> 進入經常變化星座

英雄沒有年齡，身先士卒，經常夭折，他們在世間的夭折——「升起是他的存在」，就像星星永恆升起，此起彼落，形成變化的星座，在這裡奧菲神話再次出現，《給奧菲厄斯十四行》上卷第八首內，奧菲厄斯死後，天神把河中飄流的豎琴拾起，送往天空，是為天琴星座。天琴座位於銀河的西岸為織女星，與天鷹座的牛郎星、天鵝座的天津四星，在夏季天空排列為直角三角型，為夏季大三角（Summer Triangle）。位於直角頂點為織女星，處於三角形較長一邊為牛郎星，另一邊則為天鵝座的天津四星。詩中最後一段小水仙女：

驀然，生澀而頗為笨拙地
　　她舉起星座自我們歌聲裡
　　進入清澈夜晚的天空。

　　雖然在宇宙眾多變動的星座裡，很難找到夭折的英雄星，但是隨著天琴星座：

　　把他歌唱入風雨婆娑世界
　　從未聽過像他這樣，流動氣流
　　自我那兒湧出他的響亮聲調。

　　歌聲讓詩人里爾克進入詩中，聽到奧菲厄斯的歌聲，想起參孫及他母親當初不孕，如何從無到有，把他生下來，既然那是上帝的旨意：

　　難道他在妳裡面
　　不早已是英雄？貴族氣質
　　早已被選擇好？成千上萬
　　醞釀在子宮希望做他，但看呀
　　舉手投足就把他們全部打發
　　如果他曾推倒巨柱，那就是從妳
　　體內爆發進入狹窄世間，任意施為。

　　基督教義強調選民（chosen people），即天選之人，指「被神所揀選的人」，被視為是神挑選，實現天命（例如在地上充

當先知）的人、甚至是一個受神喜愛的族群。這個詞彙特別是指以色列人，因為在《舊約聖經・出埃及記》中提到，希伯來人是神特選子民，將來救世主彌賽亞要降臨，耶穌為大衛王後裔誕生，拯救世人。上面參孫故事亦一樣強調，他是上帝挑選給予超人力氣的天選之人，但也是一度違背天意一意孤行的「人」。

在此我們不難看出里爾克詩內強烈的自我（ego）暗示，借參孫母子反映他和母親的關係，也借母親懷孕，標記他是詩人中上帝的選民，參孫的頭髮力氣，如詩人天賦才華，都是上帝恩賜。被選的參孫早在母親子宮內打發那些想代替做「他」的人，也顯出里爾克當年傲世孤絕，與眾不凡，打發掉不少同輩無聊文人。參孫出世後的成長、叛逆、懺悔、完成，也反映在里爾克《杜英諾哀歌》內「人」的成長意義及與「神」的天使相對身分立場。

詩的結尾有些晦澀，可解作英雄的母親，是參孫力拔山河激流的泉源，循著英雄的夭折，母親看到那些殉情少女躍下峽谷，成為兒子的祭禮。

英雄的母親啊！
激流的泉源！
哭泣少女傷心欲絕
縱身躍下的峽谷
成為兒子的祭品。

第 7 首

（1922 年 2 月 7 日撰寫於穆佐）

不要哀鳴不用哀鳴了，就讓
成熟聲音成為你的鳴叫特徵
雖然啼聲清脆一如雲雀
茂盛季節來臨把他舉起
幾乎就忘記不過是一隻
無聊小生物，不會專心
投入光輝親切蔚藍天穹。

你也一樣，不遜於他
也會向沉靜伴侶鳴叫
去感覺你，雖尚未見，
她回應緩慢甦醒像愛侶
一邊聆聽一邊暖和起來
成為你大膽激情下的熱情伴侶。
春天會了解，到處是誕生報喜迴聲
首先笛子輕詢一個純粹樂觀的日子
悄聲在周邊布滿擴大靜寂
然後登上梯階，一步步走向呼喚音階
去到未來美夢神廟；跟著顫音像噴泉
急促噴射向上，準備跌落
在一場承諾遊戲……
然後夏天就來了。
不只是全部夏天晨曦

轉為日昇前朝霞
不只日子溫柔伴著花朵
高處強壯大樹組成圖案
不只是力的熱情釋出
路邊小徑，入暮田野
晚雷過後，空氣清新
不只即將入寐，黃昏某些預兆……
就連晚間也一樣！漫漫夏夜
連星辰也一樣，人間的星星！
直到某天死去還無窮盡去認識
所有它們，又怎能忘記它們！

明白嗎？我曾召喚戀人，但不止
她會來……新墳少女們也會前來
站在那兒，這樣我又如何能限制
召喚人數在已發出的禱咒？
安葬的她們常會去想
重回人世——孩子啊，妳們要知道
在這兒一旦明白，就可觸類旁通。
多少次妳們氣急敗壞趕上戀人
氣急敗壞於一場幸福的追趕
從此就走向自由。
存在就是輝煌，即使知道
這些少女看來也是迷失，墮落
在城市最齷齪街頭，潰爛如同

破屑，每人都曾有過一小時
也許連一小時都不到，小到無法
量測，剎那與剎那之間，當妳們
存在，就是全部擁有，血脈隨著
生命流動。也就輕易忘掉那些
無動於中也不嫉妒的歡樂鄰居
我們當然希望顯示出來讓人看見
可是即使最顯眼歡樂也先得要在
內心改變後方才看到。

情人，萬法唯心
生命如幻影，不斷滅滅
外在世界消失，曾有一幢
老房子，電光火石閃過影像
極其準確，完整存在於腦海
時間之靈產生空間儲存力量
無形無狀，緊催萬物滋長。
不再認識神廟，我們悄悄藏起
心的滿溢，那裡即使一物留存
一物祈求，或奉獻，或跪拜
始終如一，一一進入無形
眾人不再感到，也錯過機會，忽視
更偉大的礩柱雕像是建設於「心內」。

每當世界蟄伏轉動，都有一群

被遺棄者，過去不屬於他們
不遠的來臨也不擁有
就連最近時刻也已遠離人類；
我們不該被混亂，應該
加強保留仍被認知形體──
曾一度站在命運這毀滅者
與人類的中間，站在不知
何去何從的中間，站在那兒
像存活，讓星星自它們
庇護天堂躬屈下來。天使
我可以給你看，就那兒！
它就站在你永遠的凝視
現在終於完美最後豎立
終於被拯救。墩柱，塔樓
人臉獅身獸，努力延伸大教堂
灰濛濛來自日漸消失異邦城市。

難道這一切不是神蹟？天使，驚奇吧，
我們就是這些，至尊之神，宣稱我們勝任的成就吧！
我的氣息不足讚美，我們至少並未浪費掉慷慨空間
這些我們的空間（它們如此驚人龐大
數千年來都未讓我們的熱情滿溢出來）
塔樓是宏偉的，對嗎？天使，它曾經
和你站在一起？沙特爾主教座堂也宏偉
塔樓音樂更高聳遠遠超越我們，可是即使

一個戀愛的女人晚上獨自在窗旁……
難道她就碰不到你的膝蓋——？
不要以為我在哀鳴求愛
天使，即使是，你也不會來……
我的呼喚經常充滿離愁，你也無法
抗拒讓你動彈不得的這股洪流；
我的呼喚像伸出手臂
在你面前像防禦警告
手掌張開要去握住
高高在上永不能握住
那一隻。

☆ 評析

　　這裡所謂的哀鳴（德文：werbung，英文：wooing）意義是鳥的啼聲，如《詩經》河洲「關關雎鳩」鳥類求偶的歌聲，充滿歡樂，但叫起來有似「哀」鳴。「無聊小生物」是雲雀（skylark），雲雀稱為雲中之雀，是鳴禽中少數能在飛行中歌唱的鳥類，羽色雖不華麗，但鳴聲婉轉，歌聲嘹亮，喜棲息於開闊的環境，繁殖期雄鳥鳴囀洪亮動聽，尤其求偶時會炫耀牠的飛行技術，能夠高飛「懸停」在天空雲間歌唱。最有名例子就是谷崎潤一郎小說《春琴抄》內裡那隻名叫天鼓的雲雀，「天鼓一般喜歡在天氣晴朗的日子婉轉鳴啼，所以天氣不好的時候，春琴的情緒也變得很壞。天鼓在冬末至春天啼叫最為頻繁，一到夏天，啼叫的次數逐漸減少，春琴鬱鬱寡歡的日子也逐漸多起來。」

　　里爾克詩中的鳥叫（bird calls）包含鳥與詩人的兩種身分，詩中第二行的你，是指詩人，第四行的他，是指飛上雲天的雲雀，詩人哀鳴清脆如鳥，兩者相似：

　　不要哀鳴，不用哀鳴了，就讓
　　已成熟聲音成為你的鳴叫特徵
　　雖然啼聲清脆一如雲雀
　　茂盛季節來臨把他舉起
　　幾乎就忘記不過是一隻
　　無聊小生物，不專心一意

投入光輝親切的蔚藍天穹。

你也一樣，不遜於他

　　人與鳥還在春夏兩季共享一顆求偶（mating）的心，讓歌聲輕柔把情人喚醒，來找尋你，然後到處是萬物誕生報喜春天的歌聲迴響：

春天會了解，到處是誕生報喜迴聲
首先笛子輕詢一個純粹樂觀的日子
悄聲在周邊佈滿擴大的靜寂
然後登上梯階，一步步走向呼喚音階
去到未來美夢神廟；跟著顫音像噴泉
急促噴射向上，準備跌落
在一場承諾的遊戲……
然後夏天就來了。
不只是全部夏天晨曦
轉為日昇前的朝霞
不只日子溫柔伴著花朵
高處強壯大樹組成圖案
不只是力的熱情釋出
路邊小徑，入暮田野
晚雷過後，空氣清新
不只即將入寐，黃昏某些預兆……

要注意的是「黃昏某些預兆……／就連晚間也一樣」的漫漫長夜，預兆著人間短暫，星辰永遠。世間的人死心不息，也想在茫茫星海中認識到他們要找的人：

直到某天死去還在無窮盡去認識
所有它們，又怎能忘記它們！

　　真是上窮碧落下黃泉，兩處茫茫皆不見，詩人曾修練過神祕主義的扶乩招魂，也曾施法找尋逝世的戀人，可是在招魂的過程：

但不止
她會來……新墳少女們也會前來
站在那兒，這樣我又如何能限制
召喚人數在已發出的禱咒？
安葬的她們常會去想
重回人世——孩子啊，妳們要知道
這兒一旦明白，就可觸類旁通。

　　他遂規勸這些早逝的少女，一切都是命運，「不要相信命運就是童年的縮影」，陰間與陽世只是一個世界的兩面，從此到彼：

存在就是輝煌，即使知道
看來這些少女也是迷失，墮落

在城市最齷齪街頭，潰爛如同
破屑，每人都曾有過一小時
也許連一小時都不到，小到無法
量測，剎那與剎那之間，當妳們
存在，就是全部擁有，血脈隨著
生命流動。

存在於世間，一切的一切，包括剎那與剎那之間，一小時
或甚至不到一小時，就是全部存活，氣血運行，血脈賁張，存
在就是一切。雖然一切都不永遠：

萬法唯心
生命如幻影，不斷滅滅
外在世界消失
……
時間之靈產生空間儲存力量
無形無狀，緊催萬物滋長。
不再認識神廟，我們悄悄藏起
心的滿溢，那裡即使一物留存
一物祈求，或奉獻，或跪拜
始終如一，一一進入無形
眾人不再感到，也錯過機會，忽視
更偉大建設的礎柱雕像在於「心內」。

人類存在的建設，也就是時間之靈庇護下，人不再需要認

識神廟神明，因為心已滿溢，無窮無盡。人，可以自豪地向天使說：「天使／我可以給你看，就那兒！／它就站在你永遠的凝視／現在終於完美最後豎立／終於被拯救。」這些在人類短暫生命的偉大建設，包括墩柱，塔樓，人臉獅身獸，努力延伸的大教堂，灰濛濛來自日漸消失異邦城市，就是里爾克向天使（人與神）的挑戰：

> 我們至少並未浪費掉慷慨空間
> 這些我們的空間（它們如此驚人龐大
> 數千年來都未讓我們的熱情滿溢出來）
> 塔樓是宏偉的，對嗎？天使，它曾經
> 和你站在一起？沙特爾主教座堂也宏偉
> 音樂更高聳遠遠超越我們，可是即使
> 一個戀愛的女人晚上獨自在窗旁……
> 難道她就碰不到你的膝蓋——？

沙特爾主教座堂（Chartres Cathedral）位於法國巴黎西南約 85 公里，是一座哥德式主教座堂，有南北二塔樓，分別為歌德式與羅馬式的塔頂。據傳聖母瑪利亞曾在此顯靈，教堂至今並保存有瑪利亞曾穿著的聖衣。里爾克與羅丹於 1906 年曾訪此教堂，里爾克共寫有多首有關沙特爾主教座堂詩，其中一詩〈上帝在中世紀〉（Gott im Mittelalter, God in the Middle Ages）十四行詩諷詠教堂和大鐘，當然還有基督受難影子：

> 他們私下把祂藏起

要祂永遠君臨天下
用主教座堂全部重量
將祂掛起（最後努力

不讓祂踏上昇天旅程
好讓沉睡時祂在附近）
只需繞行無限數字
指示像大鐘，調整

他們日常苦差或交易。
但祂忽然大步移動
把這城市遭殃人民

嚇走了——祂的聲音引起
如斯恐慌，行走時敲鐘發條拔起
從他麤眉指針潛逃出來。（見附錄）

　　至於戀愛中的女人，里爾克幽了天使一默，天使魁梧雄偉
的神威，人間無以望其項背，但一個在愛情幸福女子，難道愛
情偉大的高度就連天使膝蓋也不及？但是詩的結尾是悲傷的：

不要以為我在哀鳴求愛
天使，即使是，你也不會來……
我的呼喚經常充滿離愁，你也無法
抗拒讓你動彈不得的這股洪流

呼應著開首的哀鳴，詩人訴說人間愛情的虛幻，神不明白，也不會來。離愁，是一種人際分離的別緒，生離死別，不會再來，不會再見，連天使也無法衝破這股洪流，人伸出求助的手，永不會握到高高在上的那一隻。

☆附錄：

〈上帝在中世紀〉
（Gott im Mittelalter, God in the Middle Ages, tr. J. B. Leishman）

And they'd got him in themselves upstored,
and they wanted him to reign forever,
and they hung on him（a last endeavor
to withhold his journey heavenward

and to have him near them in their slumbers）
their cathedrals' massive weights. He must
merely wheel across his boundless numbers
pointingly and, like a clock, adjust

what they daily toiled at or transacted.
But he suddenly got into gear,
and the people of the stricken town

left him —— for his voice inspired such fear
running with his striking-works extracted,
and absconded from his dial's frown.

第 *8* 首

（獻給 Rudolf Kassner, 1922 年 2 月 7-8 日寫於穆佐）

動物眼睛專注看到空曠
我們眼睛只會反轉內向
像陷阱全部環繞圍困著
自由自在的瞭望。
而所謂外面，僅從動物
臉孔得知，我們更強迫
年幼小孩眼睛倒轉後看
以求一致，不去從動物
臉孔深處的空曠去觀察
不為死亡念頭所困惑。
惟我們看到死，但自由的動物
上帝放在眼前，死亡置諸腦後
一旦行走，就走入永恆
像泉水不息奔流。

我們從未有過純粹空間
連一天也沒有，裡面百花
一直盛開。我們永是人間世
從來不知道去處何在，那裡
呼吸純淨，不被監督
永遠明白，永無渴望。
小孩有時迷失在靜寂又被搖醒
或一個人死去，與沉寂成一體

靠近死亡，人便不會感到死亡
再看前方，也許像獸類廣闊凝視。
戀人們，如果沒有對方
經常阻擋視線！靠近後不禁驚訝⋯⋯
有如一直疏忽，事物從對方背後
揭露⋯⋯但彼此又無法
超越對方，只好重回到世界。
因常面對萬物，感到那裡
鏡子般反映無限開放
並被我等氣息所迷濛
或是像一隻無聲野獸
抬頭安靜把我們看了又看
這就是命運：與生命面對
並無其他，就是經常面對。

假如與動物有著同一意識
從另一方向小心走去——
它會帶轉我們像牠一樣，覺得
生無涯、深無比、與自己狀態
無關、純粹像牠向外的凝視
我們遠望未來，牠全都看到
全部看到牠永遠滿足在裡面。

即使如此醒覺的熱血動物
仍擁有沉重關懷的巨大悲哀

那些經常壓著我們的重壓
同樣黏貼牠們——那些記憶
及我們現在努力追求的結果——
曾經那麼接近、真實、無限溫柔滿足
這裡都是分離，在那裡卻是生命氣息。
拿第一幢房子比較
第二幢就模糊不清了。
噢，庇佑那些留在子宮
準備誕生的微小生物吧。

噢，歡樂小蜉蝣，即使婚配之時
依然在「裡面」跳躍，子宮就是一切。
看那半信半疑的飛鳥，差不多一開始
就知道雙方狀況，像逃離死亡
伊特拉斯坎人的靈魄^(註8-1)
棺蓋上的安息形象依舊圍繞空間
令人訝異是一切來自子宮誕生的
都要飛升！好像是害怕自己。
它自空中蜿蜒曲折飛過
像杯子一道裂痕，蝙蝠
閃過黃昏瓷器的痕跡。

我們這些旁觀者，經常到處
東張西望，永遠看不透！
透不過氣就重新去安排

他要被毀滅，我們又重新安排
然後我們被毀滅，誰在擺佈一切
讓我們稱心如意，保留一種態度
對待離別的人？就像他
站在最後山頭眺望所有山谷
最後一眼，臨別依依——
我們也這樣活著，永遠揮手告別。

☆ 評析

　　「動物」與「我們」有很大分別，詩中的動物（Kreatur, creature）與人類的我們相對，全在於自然世界與人為世界的差別。人為的物質世界陷阱非常多，環繞著人的視野，人看到的，只是看見，或「反轉內向」心中想看見的事物，一旦看到，便被困起，無法像動物那麼自由自在看到外面廣闊的「空曠」（the Open）。因此所謂外面，只能從動物臉孔的表情得知。成長中小孩世界也被成人操縱，倒轉往後看，這是什麼？那是什麼？所謂知識，蘋果是蘋果，不是橘子；橘子是橘子，不是蘋果，以求一致認知。

　　我們看到別人死亡，因而害怕死，自由的動物不知死是何物：

> 上帝放在眼前，死亡置諸腦後
> 一旦行走，就走入永恆
> 像泉水不息奔流。

　　第二段的「純粹空間」不是物質世界的物體空間（physical space），也不是人感情或行為心智（psyche）的領域，而是一種純粹逸出時間、無今無昔的存在空間（space of Being），在裡面超越時空（beyond time and space）的百花盛開，這樣的花朵，像《給奧菲厄斯十四行》下卷第十四首內：

眾物浮動，惟我們被牽扯
作繭自縛，沉重深奧
自以為是，樹立負面榜樣
雖然那些永恆童年充滿優雅。

假若有人帶它們親密入睡
與物共眠——他會多麼輕易
在共渡時光過著另一種日子。

　　里爾克把人和花做一次對立的比較，究竟人強烈的自我意識（self consciousness）和花的無意識（unconsciousness）相比，誰最幸福？萬物自然浮動，生生死死，如來如往，輕如鴻毛，但如果受到人的自我意識干擾，有生有死，有來有往，重如泰山，真是沉重深奧。

　　所以我們的人間世，從來不是無牽無掛所在，可以「呼吸純淨，不被監督／永遠明白，永無渴望」。我們連小孩的世界也要介入，就像前面所說的，為了追求一致，命令小孩眼睛倒轉看後，一刻不能鬆懈，一旦迷失在無思無想的靜寂，便會立即被搖醒。成人也一樣，生前害怕死，因為死還沒來，但知道遲早會來站在我們與死亡邊緣之間，無可避免，產生恐懼，封閉起「純粹空間」的領域。但如死亡靠近，或是已經開始，人便不再看到死亡：

靠近死亡，人便不會感到死亡

再看前方，也許像獸類廣闊凝視。

戀人們也一樣，相戀時山盟海誓，眼裡只有互相阻擋視線的對方，等到一旦靠近方才發覺過去的疏忽，不斷的事物從對方背後揭露出來，充滿驚奇。但雙方均是凡人，遂也無法互相超越，只好重回物質世界。雖然如此，因為知道了有一個更空曠無限開放的廣闊世界，就像有隻無聲野獸永遠在一邊環伺著，把我們看了又看：

或是像一隻無聲野獸
抬頭安靜把我們看了又看
這就是命運：與生命面對
並無其他，就是經常面對。

里爾克似乎在強調人與獸雖然不同走向，但意識反應相同的話，獸代表猛烈的存在力量（force of existence）把人「帶轉」（turned around）向它的存在認知，那就是：

它會帶轉我們像牠一樣，覺得
生無涯、深無比、與自己狀態
無關、純粹像牠向外的凝視
我們遠望未來，牠全都看到
全部看到牠在裡面永遠滿足。

但是這隻「如此醒覺的熱血動物／仍擁有沉重關懷的巨大

悲哀……／那些記憶／及我們現在努力追求的結果／曾經那麼接近、真實、無限溫柔滿足」，在物質世界裡卻是無法避免生離死別的痛苦——「這裡都是分離，／在那裡卻是生命氣息。」那裡當然就是前面所說的「存在空間」，里爾克創造出一種悖論（paradox），在現實中死亡的分離，即使是胎生熱血動物，依然有著難捨的巨大關懷悲哀。人間回憶的衰退也是殘酷的，第一代的房子，第二代便記不清楚了，富不過三代，人的個別歷史的存在與湮滅，就是那麼殘酷，還是：

　　噢，庇佑那些留在子宮
　　準備誕生的微小生物吧。
　　噢，歡樂小蜉蝣，即使婚配之時
　　依然在「裡面」跳躍，子宮就是一切。

　　看那半信半疑的飛鳥，差不多一開始
　　就知道雙方狀況，像逃離死亡
　　伊特拉斯坎人的靈魄
　　棺蓋上的安息形象依舊圍繞空間
　　令人訝異是一切來自子宮誕生的
　　都要飛升！好像是害怕自己。
　　它自空中蜿蜒曲折飛過
　　像杯子一道裂痕，像蝙蝠
　　閃過黃昏瓷器的痕跡。

　　上面兩段提到的蜉蝣、飛鳥（它）、子宮，分別代表生

命存在的不同狀態。從維基百科的資料顯示，卵生的小蜉蝣（mayfly）幼蟲生活在淡水湖、溪流中。通常在春、夏季下午的時候，有成群的雄蟲「婚飛」，雌蟲飛入群中與雄蟲交配；產卵於水中；橢圓形的卵很小，表面有絡紋，可以黏附在水底的碎片上。成熟幼蟲可以看見一、二對翅芽變黑；兩側或背面有成對的氣管鰓，是適於在水中的呼吸器；幼蟲成長後，浮出水面，或爬到水邊石塊、植物莖上，日落後羽化為亞成蟲；過一天後經一次蛻皮為成蟲。稚蟲水生，成蟲不取食，甚至沒有內臟，且壽命很短，只有約數小時至數日不等。因此水流、水面、水邊石塊、植物根莖……都是蜉蝣的「子宮」，在那裡快樂跳躍，朝生暮死。

鳥類也是卵生，但不同於蜉蝣，鳥卵產下來後，一般是雌鳥孵化，雄鳥將半消化的食物反雛給雌鳥。這種體外孕育的方式使雄雌鳥都能參與孵化、育雛、餵養直至雛鳥能獨立生活。所以鳥卵就是子宮，但雛鳥「半信半疑」生活在裡面，知道狀況都是暫時，一旦成長便需飛離，這種離去，在里爾克眼中有似古代伊特拉斯坎人（Etruscans）把在石棺（sarcophagus）內死者形象雕刻或塑像於棺板上，肉體腐朽，靈魂藉棺蓋上的形象飛升，「一切來自子宮誕生的／都要飛升！／好像是害怕自己」，就像胎生的蝙蝠飛過，神速像杯子一道裂痕，或是在黃昏的瓷器閃過。

_____

（註 8-1）

伊特拉斯坎文明（Etruscan civilization）是伊特拉斯坎地區（今義大利半島及科西嘉島）於公元前 12 世紀至前 6 世紀所發展出來的文明。伊特拉斯坎人（Etruscans）在半島上建立起興盛先進的文明，於公元前 6 世紀達至巔峰，在習俗、文化、建築等諸多方面，對古羅馬文明產生了深遠的影響。他們的墓室存有大量生存與死亡的壁畫，石棺板面也雕塑有死者生前的形象。（引自維基百科）

第 9 首

（完成於 1922 年 2 月 9 日穆佐，包括兩片段寫於 1912-1913）

為何？假使餘生安靜消逝
如同月桂，稍比周圍綠意略暗
每片樹葉邊緣起伏纖細波紋
（像一陣微風淺笑）──是啊
為何要生而為人，既要逃避命運
又一直等待命運？……
唉，不是幸福真的存有
那只是臨近喪失情急攫取的利益
不是出於好奇，也不是心情使然
也許月桂亦是如此……
因為真正生存於茲實在重要
所有「此時此刻」快速消逝
看似需要，奇怪涉及最快速
消逝的我們，僅一次，永不再來。
但這曾存在的一次
雖僅一次，曾在世間的一次
有可能取消嗎？

於是我們繼續努力完成
把它緊握在手，在我們
越來越多凝望和無語心聲
努力不負眾望，又能給誰？
毋寧永久把持不放……唉

又能帶走什麼到另一領域？
又不是需時甚久修練的靈視
這裡什麼也沒有，沒有。
然後就是苦難，首先是沉重
還有愛情長久的歷練──
說來話長，此後就在星群中
又有何用──要說不如不說
飄泊者從山上回到山谷
攜來不是微不足道的一手塵土
獲取一些言語，一些純粹言語
黃藍交間的龍膽草。也許我們在這裡
可以說出：房子，橋梁，噴泉，欄柵，水瓶
果樹，窗戶──甚至石柱，高塔……
但要說出來，我們定要先明白
然後才能確切表達出物體本身
所能夢想存在的一切，難道這是
狡猾世界的陰謀，強把戀人撮合
好讓事物心醉神迷於磅礡感情？
門檻：對戀人而言
應該把古老門檻稍作磨蝕
既然前有去者，後有來者……
他們也一樣，理所當然。

「現在」就是「可說」的時間
「現在」就是掌故的故鄉

講述，見證，與我們共享事物
正在消失，把它們擠出取代的
是一種透明行動，包藏著外殼
當內在力度強烈形成新的面貌
就破殼而出，在我們心跳之間
生活，齒唇之間繼續讚美。

向天使讚美世間，但不是那些無法言喻：
不能用他已深刻感到所有世界的輝煌
去感動他，你不過是生手。就讓他看
一些簡單事物吧，它們經過數世紀不斷翻新
依舊存在於我們手眼之內，成我們的一部分
告訴他這些事物吧，他會比你更詫異於
一個羅馬造繩人或是尼羅河陶匠
讓他看到一件成品如何讓人欣喜
如何純淨屬於我們，如何在悲泣哀傷
展開形狀，為人所用，為人獻身——
消失在大化中，像一首小提琴的歌。
這些仍存在的事物，在別離消逝時
會明白你對它們的讚美，相信
最急速消逝的我們會保留它們
也希望我們心裡把它們全部改變
成為我們——啊永久——的一部分
不管我們是誰。

這世界不是你想的那樣：可以隱形
在我們裡面重生，難道不是你的夢想
隱形一次？世界！隱形！
難道你的迫切需求不是變形？
世界啊，我的摯愛，相信我
不要以為您的春天可以贏取我
一個，啊，只要一個，即使一個
已太多，就讓我熱血沸騰
遠古以來我就已全部歸屬
您一直正確，友善死亡是您最神聖鼓舞
看呀，我活著，為何？日漸減少的
不是童年也不是將來……而是自我心中
躍出，存在的滿溢流淌。

☆評析

　　這是最能了解里爾克意圖的一首哀歌，呼應著第一首人與天使對立的卑微與尊貴、短暫與永恆。詩人道出他的困惑：人為何存在？為何僅是短暫飛逝的存在？非人（non-human）中生物的動物、植物均有生命存在，為何需有另種生物叫「人」去知道生死而存在？

　　為何要生而為人，既要逃避命運
　　又一直等待命運？

　　命運，即宿命和運氣，事物由定數與變數組合進行的一種模式，命與運是兩個不同的概念。命為定數，指某個特定對象；運為變數，指時空轉化。命已定不可改，運轉化可以變，命與運組合在一起，即是在某個特定對象於時空轉化的過程。里爾克所謂的逃避命運是指人想逃避既已定的命，又一直等待有變數的運，然而往往人類所謂的幸福（happiness），不見得真的存有，「那只是臨近喪失情急攫取的利益」（that too-hasty profit snatched from approaching loss）：

　　唉，不是幸福真的存有
　　那只是臨近喪失情急攫取的利益
　　不是出於好奇，也不是心情使然
　　也許月桂亦是如此……

這裡提到的月桂（laurel）和詩開首數行提到的月桂是一樣的，同樣連接向希臘神話達芬尼（Daphne）被阿波羅追逐變形的故事。幸福不同喜悅（joy），幸福的存在是有條件的，它不過是碰到臨近喪失前，情急攫取的一種利益吧了。臨近喪失什麼呢？就像達芬尼的存在幸福臨近喪失在阿波羅的追逐，情急變形為月桂所攫取到的暫時利益吧了。碧海青天夜夜心，如此利益又有何幸福可言？更不是月桂樹葉臨風淺笑的喜悅。

1914 年 1 月 31 日里爾克寫給 Ilse Erdmann 的信札內提到幸福與喜悅的關係：

世間任何真正喜悅均非筆墨所能形容，惟喜悅能自我產生（而幸福卻相反，僅是在已經存有被肯定，被理解為有希望的群體事物），喜悅是存有的奇妙附加，一種從無到有的純粹增長。假若幸福能讓我們有時間去思考及擔心，究竟能有多長久，我們是多麼膚淺去為它而忙碌。喜悅是瞬間，無需負責，開始就是永恆，不會被占據，也不會真的再失去，在它的衝擊下，我們整個生命化學作用起了變化，也就是說，不像幸福那樣僅享受在一種新的混合。

The reality of any joy in the world is indescribable; only in joy does creation take place（happiness, on the contrary, is only a promising, intelligible constellation of things already there）; joy is a marvelous increasing of what exists, a pure addition out of nothingness. How superficially must happiness engage us, after all, if it can leave us time to think and worry about how long it will last. Joy is a moment, unobligated, timeless from the beginning, not to be held but also not to be truly lost again, since under its impact our being is changed chemically, so to speak, and does not only, as may be the case with happiness, savor and enjoy itself in a new mixture.

但是殘酷事實隨即而來，短速生存的人能擁有喜悅嗎？可以是可以，生而存有，所以生存於現在非常重要，但每分每秒因我們的存在，都牽涉到此時此刻的消逝，也涉及快速消逝的我們，一生像一次，曾存在過的一次，雖僅一次，但可以取消，可以回頭（revocable）嗎？

因為真正生存於茲實在重要
所有「此時此刻」快速消逝
看似需要，奇怪涉及最快速
消逝的我們，僅一次，永不再來。
但這曾存在的一次
雖僅一次，曾在世間的一次
有可能取消嗎？

生存在世間苦多於樂，要修行練成靈視的天眼為時甚久，在塵世中：

這裡什麼也沒有，沒有。
然後就是苦難，首先是沉重

還有愛情長久的歷練——
說來話長，此後就在星群中
又有何用——要說不如不說
飄泊者從山上回到山谷
攜來不是微不足道一手塵土
獲取一些言語，一些純粹言語
黃藍交間的龍膽草。

　　飄泊者可視作從山上靈修的隱士回到山谷的塵世，攜來一把包裹在泥土裡的龍膽草（gentian），此草無特別意義，在本詩中應為里爾克個人意象，也許情人餽贈，也許住所生長，秋季開藍紫色花，花如聚傘，得名於公元前 2 世紀義大利亞德里亞海東岸古國伊利里亞（Illyria）國王延蒂烏斯（Gentius），古羅馬作家老普林尼（Pliny）記載，這國王首先將龍膽入藥，從遠古時候起歐洲就已經將黃色龍膽根莖作藥用。

　　隱士把花帶回山谷家鄉，其意當然不在微不足道的一手泥土，而在於怎樣用他獲取的純粹言語去描述此花，這種言語，就是詩的奧義，詩人有事物要表達，就像手中的龍膽草，他要向人間表達的不是手中藍紫色的花，而是要用他已獲取的言語去告訴、描述、更必先要了解明白這花，正如：

我們在這裡
可以說出：房子，橋梁，噴泉，欄柵，水瓶
果樹，窗戶——甚至石柱，高塔……

但要說出來，我們定要先明白
然後才能確切表達出物體本身
所能夢想存在的一切

　　跟著里爾克提到「門檻」一詞，應指傳統禁忌。歷代情人
前有古人後有來者，打破或稍作磨損門檻，現在的情人也應繼
續，自是「理所當然」。詩人讚美凡人世間，寫了下面一段千
古抒情詩：

向天使讚美世間，但不是那些無法言喻：
不能用他已深刻感到世界所有的輝煌
去感動他，你不過是生手。就讓他看
一些簡單事物吧，它們經過數世紀不斷翻新
依舊存在於我們手眼之內，成我們的一部分
告訴他這些事物吧，他會比你更詫異於
一個羅馬造繩人或是尼羅河陶匠
讓他看到一件成品如何讓人欣喜
如何純淨屬於我們，如何在悲泣哀傷
展開形狀，為人所用，為人獻身──
消失在大化中，像一首小提琴的歌。

　　就讓天使看看一些人間簡單事物吧，他行使的神蹟太驚天
動地、駭人心魄了，還記得第一首哀歌開首嗎？

　　即使其中一位突然把我

貼向胸懷：我亦會被毀滅在
他千鈞之力。而美不過是
恐怖開始，我們僅以身免
敬畏在它平靜蔑視的踐躪下
每位天使均可怕。

倒不如告訴他人間世一些微不足道的人和事物吧，譬如羅馬製繩人，或是尼羅河陶匠，讓他看到一件成品如何讓人欣喜。詩人在 1924 年 2 月 26 日寫給 Alfred Schaer 信札內這麼說：

我常納悶，那些本身無關輕重的事物，是否在我發展及作品裡發揮出極深奧的影響：碰到一隻狗；在羅馬時觀看一個造繩人，用他巧藝重覆這世界最古老的手勢——猶如尼羅河邊一個小村落陶匠，站在轉輪旁那種無法形容而又神祕莫測的神情，對我很有收穫。

I often wonder whether things unemphasized in themselves haven't exerted the most profound influence on my development and my work: the encounter with a dog; the hours I spent in Rome watching a rope-maker, who in his craft repeated one of the oldest gestures in the world—as did the potter in a little village on the Nile; standing beside his wheel was indescribably and in a most mysterious sense fruitful for me...

此詩沒有提及碰到的一隻狗，但在《給奧菲厄斯十四行》上卷第 16 首就是寫他碰到的狗，並且在 1912 年 12 月 17 日寫

給在塔克西斯帝國的瑪莉郡主（Princess Marie von Thurn）信件內提到在西班牙的科爾多瓦碰到一隻小母狗經驗：「……就像最近在科爾多瓦碰到一隻懷孕滿月的小醜母狗跑來找我；她並不出色，肯定意外懷胎小兒等待出世；但剛巧我倆均孤獨，她蹣跚走來，抬頭睜大眼睛望我，充滿愛心與熱情尋找我的目光，而她的凝視卻是不管我知不知道，全面投入我們將來或無法知悉的未來；事件終於緩解於她獲得我用來喝咖啡的一顆方糖，但同時，噢，真的是同時，我倆可說得同時修行（read mass together），整個行動是施與受，與其他一切無關，但其意義與嚴肅性，甚至我們整體認識，卻龐大無比。此事只能發生在世間，這麼美好一切的發生都是心甘情願，即使還有不肯定，還有一點罪惡感，也沒什麼英雄感，但有人終將準備好接受美妙的聖寵。」

最後詩人提出死亡是友人不是敵人，生命在成長，同時也在消逝：

友善死亡是您最神聖鼓舞
看呀，我活著，為何？日漸減少的
不是童年也不是將來……而是自我心中
躍出，存在的滿溢流淌。

人存在的日漸消減或是滿溢流淌，反映在 1923 年 1 月 6 日寫給絲素伯爵夫人（Countess Margot Sizzo-Noris-Crouy）的

信函裡，里爾克說：

　　我們不應害怕不夠能力去應付死亡的經驗，即使最臨近可怕。死亡不是超出我等能力之外，他是容器滿溢邊緣的測量線：每當我們抵達滿溢——而所謂滿溢（對我們而言）就是沉重。我不是說應該喜歡死亡，但我們應該慷慨喜歡生命，不去選擇計較，可以自然而然包括喜歡死（生存避開了一半）；也實在是經常發生在戀情的大混亂，不能迴轉或定奪。只因我們排斥死亡，當它突然走入腦海，越來越像一個陌生人，而我們又把它當成陌生人，成為敵人。當可想像到它比生命更無限接近我們，但究竟我們知道它有多少？

　　我們充滿偏見抗拒死亡，也不肯安排移走所有被扭曲的形象。它是一個朋友，我們最深切的朋友，也許是惟一永不為我們的態度或動搖所誤導⋯⋯

We should not be afraid that our strength is insufficient to endure any experience of death, even the closest and most terrifying. Death is not beyond our strength; it is the measuring-line at the vessel's brim: we are full whenever we reach it—and being full means（for us）being heavy.—I am not saying that we should love death; but we should love life so generously, so without calculation and selection, that we involuntarily come to include, and to love, death too（life's averted half）; this is in fact what always happens in the great turmoils of love, which cannot be held back or defined. Only because we exclude death, when it suddenly enters our thoughts, has it become more and more of a stranger to us; and because we have kept it a stranger, it has become our enemy. It is conceivable that it is infinitely closer to us than life itself—. What do we know of it?!

Prejudiced as we are against death, we do not manage to release it from all its distorted images. It is a friend, our deepest friend, perhaps the only one who can never be misled by our attitudes and vacillations—and this...

第 *10* 首

（寫於 1922 年 2 月 11 日穆佐；開首 12 行寫於 1912 年杜英諾）

終有一日，讓我擺脫驚怖幻象
向讚許的天使們唱出喜悅頌歌！
讓我內心的擊音錘清晰敲打
沒有失手於疏忽、猶豫、急躁弦音。
讓我淚痕臉孔更煥發
讓我抑制的哭泣綻放如花。
無數悲苦夜晚啊！妳們將會如何被寵愛
為何我那時不肯屈膝去接受？
無法撫慰的姊妹們，使我投入
妳們解開的散髮吧，我們是痛苦的浪費者！
從悲劇時刻眺望遠方
去探知可能的終結？
它們只不過是冬天深色常綠植物
內在年度其中一季，但非惟一季節
它是地方，帳篷，住宅，泥土與家。

多麼奇怪痛楚城市的街道啊！
那裡暴亂不安放大了虛假靜默
冒起的紀念碑，無中生有澆鑄而成
吹噓著鍍金的喧鬧。
天使會怎樣完全踐踏他們的慰安市場
一旁是教堂，購買備用：
乾淨俐落，週日關閉有如郵局。

外面經常翻騰著狂歡市集
隨意的扭動！
賣力的高空特技演員和雜耍人！
逼真射擊攤位的俗麗幸福
標靶每被較佳射擊手射中
翻轉發出微弱扭曲聲音
他遂滿心歡喜繼續旋轉運氣；
各類攤位都能取悅最奇怪口味
擂著鼓，喊叫著，特別值得一看
（僅限成人），鈔票滾滾而來！
解剖學趣味無窮！金錢性器官陳列！
全部裸露！有指導性
保證提升性功能……
啊，外邊遠一點還有
最後一塊廣告板後面
醉醺醺大字「死去活來」
只要咀嚼大量新鮮零食
飲者的苦澀啤酒又是多麼甜美
標語板後面，景觀逼真
孩童玩耍，情人相擁在稀疏草地
狗群隨意拉撒。年輕人被吸引到更遠
也許愛上一位年青怨女……追隨她
走入阡陌。
她說：這是一條漫長路，我們住在遠處……
在那兒呢？年輕人跟隨著，被她舉止感動

她的肩膀，頸項──也許
來自名門貴族。但他終於離開她，轉身
環顧，點頭……又有何用？她只是一個怨女。

只有夭折年輕人首度處於
安靜的永恆，斷奶期間
親切跟隨著她，她等待
少女們與她親善，輕柔
讓她們觀看她穿著，痛楚的珍珠
細紡織成堅忍的面紗，她和一群
年輕人無聲漫步。

在她們生活的山谷，其中一位年長
怨女回答年輕人的詢問：很久以前
她說，怨女是一個望族，我們祖先
在山巒礦脈工作，人群有時也可
發現一小顆原始打磨出來的悲痛
或是遠古火山裡一塊憤怒的化石
是的，都從那裡而來，我們曾經富有。

她輕輕引領他穿過廣垠哀怨地形
指出廟宇圓柱，城堡破垣
很久以前哀怨皇族賢明統治國土
給他看高大流淚樹，遍地哀田野
（生者只知是一片柔嫩綠叢）

給他看牧野悲鳴牛群，有時
一隻驚起的鳥，直飛穿過他們視線
追蹤遠處孤啼踪影。
黃昏時她帶他去看哀怨部落
活得最老的長者墓地
那些女巫及先知；
黑夜將臨，他們緩慢前行
護衛四方墓石很快如月升起
尼羅河孿生兄弟
高大的人臉獅身像，沉默石室般注視
他們自那永遠寧靜雙冠冕頭部
望去，人臉被放在星辰的等級。

仍舊暈眩於剛死，他的視力
無法看見，但她的凝視
卻從雙冠冕後驚動一隻貓頭鷹
緩慢靈巧剔洗羽毛，沿著臉頰
彎向豐滿，向新死者聽覺
像書本打開對開頁，淺淺
勾勒出無法形容的輪廓。

更高處是星座，新的星座
痛楚之地星座，她慢慢逐個指出：
「那兒，看：騎手座、手杖座，趨向成形的星座
還有水果花圈座，更遠處接近極星座：

搖籃座、路途座、焚燒天書座、洋娃娃座、窗戶座。
但在南方天空，純淨得像一隻被祝聖過手掌
清晰輝煌大寫 M 字
代表母親……」

亡者定要繼續，靜默中，年長怨女
帶他遠至閃爍月光下的峽谷——
那兒，她敬畏稱呼為喜悅之源
說：「在凡人中它是流逝之川。」

他們站在山腳
那兒她擁抱他，哭泣。

他獨自攀登原始痛楚山巒
從未有過一次步聲來自無聲命運的回響。

川流不息的死者，是否像我們一般醒轉
看啊，也許他們也會指向光禿榛樹
垂掛的萎黃花序，或者是早春雨絲
落在黑色土地。

而我們，經常以為
幸福在攀升，會感到
幸福跌落時
那種感情的震駭。

☆ 評析

1922 年 2 月 11 日黃昏，經過 10 年斷續間歇書寫，里爾克終於在穆佐完成第十首哀歌，也就是最後一首的《杜英諾哀歌》。詩人擱下了筆，心情起伏不已，一如往昔，提筆寫信告訴終身戀人莎樂美，完成這本詩集的曲折過程，包括同時出乎意料神來之筆完成的《給奧菲厄斯十四行》[註 10-1]。

詩人也告訴莎樂美這首哀歌部分，前曾朗誦給她聆聽後已大幅增改，只保留開首的十二行，即是著名的開始兩句：

終有一日，讓我擺脫驚怖幻象
向讚許的天使們唱出喜悅頌歌！

讓人不禁想起第一首哀歌開始數句有關天使的驚怖形象：

即使其中一位突然把我
貼向胸懷：我亦會被毀滅在
他千鈞之力。

人與神之間的隔閡，終於在十首哀歌內取得突破，詩人仍用謙卑口氣默禱祈求，連用了四個有似「假如有朝一日……讓我……」的條件句（conditional clause），道出四種「讓我」的突破：

1. 讓我擺脫對天使們的驚怖幻象，歌頌天使們讚許的祝福。
2. 讓我清晰準確的內心跳動，像鋼琴琴鍵（piano keys）催動擊音錘（hammer）的敲打，沒有任何混亂疏忽急躁的弦音。所謂清晰敲打琴鍵，實來自人的強勁、確定、自信手指敲出琴音，與琴弦無關。而錘打，很多中譯本都忽視了包著絨毛的鋼琴擊音錘，不是一般的大鐵鎚。
3. 「讓我淚痕臉孔更煥發」，淚痕臉孔就是已經流下眼淚臉孔，在悲哀堅強的容顏更顯得光輝燦爛。
4. 「讓我抑制的哭泣綻放如花」，抑制的哭泣不是沒有哭，也不是大聲哭出來，淒慘戚戚，有如花朵斷續開放。

跟著「無數悲苦夜晚」，也被擬人化（personified）成「無法撫慰的姊妹們」，詩人後悔短視當初沒有與悲苦姊妹同甘共苦，屈膝接受悲傷，而僅浪費著痛苦，知道有始必有終，有生必有死，在一生的悲劇時刻不去尋求真相，卻斤斤計較於什麼時候才是悲苦生命的終結？所謂一生，其實只是永恆內在年度的一季，也許是辛苦寒冷的冬天：

它們只不過是冬天深色常綠植物
內在年度其中一季，但非惟一季節
它是地方、定居地、帳篷、泥土與家宅

生命的歡樂（joy）與痛苦（pain）交替著，詩人強調歡樂短暫，迅速消逝，痛苦有如冬天常綠植物，不會凋零，所有這些歡樂與痛苦都發生在我們生命的「內在年度」（inner year）而非世界的外在季節（exterior seasons）。而人，生而為人，一生與痛苦共存，這些痛苦分別為地方（place）與定居地（settlement），那是飄泊者選擇落戶之地；帳篷（camp），是他歇息之地；泥土（soil），是糧食與水果生長之地；最後的家宅（dwelling），是他決定自己生涯永久的家。

然而許多人在這一生裡醉生夢死，猶如參加一場狂歡市集，每個攤位的遊戲、觀賞都能滿足生存裡的各種欲望，如苦澀啤酒，如果隨時咀嚼一些代替品，口味也可變得甘甜。

很快地，人群中出現了一位年青怨女，這位雍容高貴怨女（Lament），也是哀歌模式（elegiac mode）裡「哀怨」（Lamentation）或「死亡」（Death）的擬人化，吸引了一個年輕人的注意，她的家「是一條漫長路，我們住在遠處……」，年輕人繼續詢問：

在那兒呢？年輕人跟隨著，被她舉止感動
她的肩膀，頸項──也許
來自名門貴族。但他終於離開她，轉身
環顧，點頭……又有何用？她只是一個怨女。

跟隨不久後，他發現她與死亡關係的身分及領域，「他終於離開了她」，為何？因為她是一個死亡怨女，而他是活人：只有剛死「夭折年輕人首度處於／安靜的永恆，斷奶期間／親切跟隨著她」。她告訴另一個夭折的年輕人，怨女是一個望族，祖先在山巒礦脈工作，人群有時也會發現一小顆原石打磨出來

的悲痛（那是一滴悲痛的黃金淚），或是遠古火山裡一塊憤怒的溶岩化石。這個夭折年輕人就像《神曲》裡但丁（Dante）跟隨詩人維吉爾（Vergil）遊地獄。在里爾克的哀歌裡，他跟隨著一位年長怨女漫遊里爾克的哀怨領域（Land of Lamentations），但不是但丁的地獄（Inferno）。里爾克視死亡為生命的另一半，生死本是一體，從生到死，由生的存在體（physical body），進入死的靈體（spiritual body），這才是真正的本質現實（essential reality）。

死去只是肉身消失，生前留下的痕跡和形象，除了陵墓外，還有歷史和掌故：

> 她輕輕引領他穿過廣垠哀怨地形
> 指出廟宇圓柱，城堡破垣
> 很久以前哀怨皇族賢明統治國土
> 給他看高大流淚樹，遍地哀田野
> （生者只知是一片柔嫩綠叢）
> ……
> 黃昏時她帶他去看哀怨部落
> 活得最老的長者墓地
> 那些女巫及先知

廟宇圓柱，當然讓人聯想起里爾克熟悉的埃及卡納克神廟（Karnak Temple），還有尼羅河畔高大的人臉獅身（Sphinx）塑像：

黑夜將臨，他們緩慢前行
護衛四方墓石很快如月升起
尼羅河孿生兄弟
高大的人臉獅身像，沉默石室般注視
他們自那永遠寧靜雙冠冕頭部
望去，人臉被放在星辰的等級。

尼羅河孿生兄弟是指矗立在尼羅河西岸和帝王谷之間的兩座孟農巨大坐像（Colossi of Memnon），看來就像一對孿生兄弟。

人臉獅身像的雙冠冕（pschent），指法老王所戴的紅白冠冕。埃及曾分上、下埃及，上埃及王冠白，下埃及王冠紅，統一後，埃及王冠紅白。

仍舊暈眩於剛死，他的視力
無法看見，但她的凝視
卻從雙冠冕後驚動一隻貓頭鷹
緩慢靈巧剔洗羽毛，沿著臉頰
彎向豐滿，向新死者聽覺
像書本打開對開頁，淺淺
勾勒出無法形容的輪廓。

上面一段，詩人巧妙用文字表達出視覺和聽覺效果，剛死

的年輕人視覺薄弱，無法看清楚人臉獅身像，但在年長怨女的凝視下，卻驚出一隻夜梟剔洗羽毛的聲音，就像書本打開的對開頁，分別向新死者左右兩邊耳朵，勾勒出無法形容的夜鳥輪廓。

她繼續指示給他觀看哀怨領域天上的星座，除騎士外，都是里爾克捏造的星宿，包括：

但在南方天空，純淨得像一隻被祝聖過手掌
清晰輝煌大寫 M 字
代表母親……

假如我們伸出左掌觀看掌紋，從下至上，用一條直線把第二條線連接向第三條線，便會看到一個大寫 M 字，代表母親。

她把年輕人帶到峽谷，那兒有一道流水，她敬畏稱呼為喜悅之源，並且說「在凡人中它是流逝之川。」是分手揮別的時候了，年輕人必需獨自繼續他永恆之旅，他們站在山腳。在那兒她擁抱他，哭泣。他獨自攀登原始痛楚山巒，從未有過一次步聲來自無聲命運的回響。其他川流不息的死者不斷前來：

也許他們也會指向光禿榛樹
垂掛的荑蕥花序，或者是早春雨絲
落在黑色土地。

花序（catkins）如同花絮，據云里爾克原本寫為柳絮（willow catkins），但經友人指出，當地宜用榛樹（hazel tree）的榛絮（hazel catkins），遂改為榛樹花序 ，應為四處飄零之意。

_____

（註 10-1）
　　里爾克寫給莎樂美的這封信件中譯，請參閱拙譯《給奧菲厄斯十四行》上卷第 20 首評析。

唯一與我患難與共的只有詩
——讀里爾克《杜英諾哀歌》

中正大學中文系教授／蕭義玲

　　二次世界大戰後，隨著歐美現代主義崛起，里爾克（Rainer
Maria Rilke，1875-1926）的詩作獲得極大重視與回響，其在現
代詩壇地位崇隆，與英國艾略特（Thomas Stearns Eliot，1888-
1965）及法國的梵樂希（Paul Valery，1871-1945）齊名；不只
西方，隨著民國以來現代文學崛起，里爾克也是詩人朝向西方
取經及取徑的重要對象之一。

　　相應著詩人在各個世代的廣大影響力，里爾克的詩集譯本
亦多。然即使如此，翻譯里爾克卻是一件困難工程，特別他是
一位以德語寫作、詩作體系龐大，被公認為「困難的詩人」。
如（德）詮釋學家高達美（Hans-Georg Gadamer ，1900--
2002）說道：翻譯是在語言上取得一致，因為翻譯者必須要把
所理解的意義，置入另一個談話者的生活語境中，「因此，一
切翻譯就已經是解釋（Auslegung），我們甚至可以說，翻譯
始終是解釋的過程，是翻譯者對先給予他的語詞所進行的解釋
過程。」[*]可見翻譯之不易，已經觸及文化理解，何況詩的語
言本質是隱喻。如何從翻譯打開一扇通往里爾克詩世界的窗，

---

[*]　見高達美（Hans-Georg Gadamer）：《真理與方法》（Truth and Method），（上海：
　　上海譯文出版社，2004年版），頁496。

至今仍是華文圈讀者（不論是專家學者、詩人或一般讀者）的必經之路，與殷殷期盼所在。因此欣然在 2022 年此際，看到專擅中西比較文學／文化的學者詩人張錯，以其接觸里爾克作品的學術淵源與背景，為我們翻譯了《杜英諾哀歌》（Duino Elegies），且以評析為每首詩提供解讀線索。以下讓我們透過本書，探勘《杜英諾哀歌》中，里爾克奧祕般的存在之思。

「一些去日街道／一些日常習性的恣意」：日常生活下的無家可歸

　　哀歌是一本怎樣的詩集？雖然 1922 年里爾克在穆佐城堡（Chateau de Muzot）神思般將《哀歌》完成，但從 1911 年末的詩靈降臨，到 1922 年詩集完成，陸陸續續前後歷時十年。為使脈絡清晰，可以第一次世界大戰為分界，將詩集大致分為兩階段：一是在戰前到戰時的第一到第四首；二是戰後於穆佐城堡神思般寫作的第五到第十首。兩個階段前後差距十年，卻相互滲透，自成一個哀歌體系，而貫穿在戰前戰後起的，恰是一位身世漂泊的詩人，以詩來承載個人與時代命運的發聲。

　　《哀歌》寫作的緣起，起於里爾克在尋思與友人的回信時，一個神啟般觸動[*]。第一首詩的開篇：「假若我呼喊，誰在天使的階位／會聽到我？即使其中一位突然把我／貼向胸懷：我亦會被毀滅在／他千鈞之力。而美不過是／恐怖開始」(P.12)，如曠野呼告般的詩之起頭，揭出了人的被拋擲處境；而在天與地，人與天使的兩個階位與力量的強烈對比中，一個日常生活之上

---

[*] 　請見本書序文，及第一首詩的「評析」說明。

的超越向度隨之被打開了。隨著超越向度的打開，我們看到了習以為常的生活：「譬如每天遠眺山坡一些樹，一些去日街道／一些日常習性的恣意／一旦染上便不會走掉。」^(P.12) 這是怎樣的生活？如譯者張錯所道：

> 被隔離被拒絕的我們陷入個體孤獨和『我們已不再熟悉這演譯世界』，所謂演譯世界（interpreted world）就是我們每日習慣熟悉的世界，譬如每天遠眺山坡一些樹，一些去日街道／一些日常習性的恣意／一旦染上便不會走掉。被隔離後，連群體雜居的機靈野獸都警覺到那種身無所屬，家無可歸（home-lessness）感覺，也無法提供給別人一個家。

個體孤獨，從自己到別人，身無所屬，也無法給予別人安頓，整個生存世界的無家可歸，便是哀歌向天使呼喊的第一個音符、第一段旋律。而針對孤獨個體，愛情，以其所傳達的從「我」走向「我們」，從「個人」走向「社群」的需要，在如何生存於世的發問中，自然成為里爾克觀看與書寫的重心[*]。特別是西方文學傳統，女性常常在主人公的愛情歷程擔負導引角色，讓主人公得以將心靈／潛意識的龐大能量，整合到意識，以體悟生命意義的豐盛。

如第一首寫道愛情之於生命內在的渴望：「啊！還有夜晚：那些夜晚／一陣無盡宇宙狂風吹嚙／我們臉孔，她不會為誰停

---

* 現實生活中，里爾克也有一位對他影響極深，大他十四歲，是情人也像母親的愛侶：莎樂美（Lou Andreas Salome），莎樂美影響了里爾克對上帝及藝術的思考，這個影響力，在里爾克其後的一連串詩作中顯現出來。

留？不會／為誰想念？／柔和虛幻的夜晚啊／逼近痛苦的是那一顆寂寞的心？」^(P.12)；第二首則聚焦於一對纏綿愛撫，承諾擁抱的愛侶，以最強而有力的關係演式：性，來傳達孤獨個體成為「我們」的激情：「看！在一起時會發覺我的手注意彼此／或藉它掩蓋我的滄桑容顏，讓我有點／刺激。但誰又肯僅為此而存在？／而妳在對方熱情下激揚／直到淹沒，他求妳：『不要了吧……』／妳在自己手中／豐滿膨脹，像佳釀葡萄」^(P.26)；至第三首則以愛情具有撩動整體心智的非理性力量開篇，並以兩種女性角色寫出女性原型：一是仍未解潛意識慾望的純真少女：「妳呀，步履輕盈如晨風／真的，妳讓他害怕，首次破碎接觸／更遠古恐懼便已撞擊他的心」^(P.36)；二是給予溫柔庇護的母親，一種溫柔的存在：「妳內心偉大的避難所／有著更多人性空間／多過圍繞她的黑夜」^(P.37)，少女與母親合為「她／妳」（女性原型／阿尼瑪），是孤獨個體渴望與之結合的對象。

是以愛情的重要，便在於它是一種以「我們」的原初體驗，來提供家的庇護。然當「愛情」成為庇護之所時，跟隨著詩中情人腳蹤，我們又發現庇護的有限與不能。如即使前文中，那對愛得濃烈的戀人，纏綿之中，仍有不可解的陌生之物隱藏關係之中，詩道：「當妳投懷／送吻──吮吸復吮吸，奇怪哪！／飲者竟然閃避他的角色」^(P.26)；而當我們隨著情人的海誓山盟，往愛的應許之地走，如第四首：「戀人們／不是永遠把對方推向極限嗎？／互相承諾遠景、狩獵、家庭嗎？」卻在情人攜手愈遠的背景輪廓中，「誰不緊張內心曚蔽幛幕後面？／一經拉開，就是分手情景」^(P.44)，時間是考驗，卻如《紅樓夢》

好了歌：「君生日日說恩情，君死又隨人去了。」人似彩雲容易散，愛情從來不堅牢；更不要說愛情新鮮期一過，關係便無以為繼了，因為「世間愛情多是肉體和物質的結合，而缺乏靈性與知識的昇華，也無法在一個國找到一個家，就連利用所愛的人也不能做到。」[P.18] 但若「就連利用所愛的人也不能做到」里爾克為何書寫、歌頌愛情？愛情於生命何益？

在「無聲無息命運景色裡」

里爾克為何書寫、歌頌愛情？或讓我們以疑問返回第一首，仔細探看詩人書寫愛情的焦點。詩道：「當思念滿懷，歌唱那些偉大的戀人吧／趁著傳誦他們的戀情尚未不朽，歌唱／讓你嫉妒的，被遺棄和絕望的，讓你／覺得比那些得償所願的更可愛」[P.13]，顯然，里爾克雖書寫愛情，但他所歌頌的，並非是那些愛情的得償所願，或情人的終成眷屬狀態；而是那些關係的裂縫，讓人嫉妒，被遺棄、絕望，種種愛的未完成、不完美時刻。如張錯道：「里爾克不像一般詩人藝術家悲鳴於生命的殘缺，相反，他要歌頌出那些殘缺之美」[P.20] 何以如此？因為唯有那些愛的破碎時刻，才讓人再次遭遇無家可歸事實，也唯有人真正體驗到它，才有尋找歸家之路的需要。只是如何尋找歸家之路？或更根本的問：有這樣的一條路嗎？

讓我們以詩人為引路者，來看詩的回答。一樣是開篇的第一首，詩道：

還是去傾聽那些嘆息吧

在靜寂裡形成不斷信息
朝你竊竊飄來，那些早夭年輕人
每當你踏入那布勒斯或羅馬教堂
他們的宿命不就靜靜向你訴說？
或是一塊顯赫碑文讓你拜服
近如美麗聖塔瑪麗亞的碑銘 [(P.14)]

　　從早夭年輕人、碑文、碑銘，處處顯露的死亡訊息中，詩人將那不可說的說出了——原來，死亡與生命是同時存在的兩個面向，如鳥之雙翼，生命不可能沒有死亡，但在那些「每日習慣熟悉的世界，譬如每天遠眺山坡一些樹、一些去日街道／一些日常習性的恣意／一旦染上便不會走掉」 [(P.12)] 的日常生活中，我們早已把它推遠、排除甚至遺忘了。隨著死亡的遺忘，便是當下生命的不斷錯失在「日常習性的恣意」中。

　　是以對死亡的覺察，是活出「生命」的開始，這是一種與「日常習性的恣意」截然不同的生命，像是搭在生與死兩極性的箭滿弓弦中，從「聚積到射出，比本身力道還強？／世間並無永遠原封不動之事。」 [(P.14)] 是在每一時間片刻中，以死去與甦醒帶來蓬勃滿溢的創造力，像河流般生生不息，生命力的迸發，才是生命、才見生命。而當生命力被喚醒且流出，便是愛／愛欲／愛洛斯（Eros）顯形的時候了。愛與死亡密切關連，如存在心理學家羅洛‧梅（Rollo May, 1909-1994）曾說道：「必死感不僅豐富了我們的愛情，它更是組構愛情的一部分。愛是死亡與不朽的混合孕生之物。這便是為何融慈善與邪惡為一體

的愛洛斯被描述為半人半神，並且涵攝了二者的性質。」*愛情
的源頭是不斷讓生命湧現活力的愛／愛欲／愛洛斯。里爾克在
《哀歌》大量書寫愛情的原因在此。如第三首：

> 明白嗎，我們不像花朵一季就實現
> 當愛時，一種遠古樹液自手臂
> 浮現。親愛的少女，是這樣的
> 我們愛著不是眼前人，是一種無法估量的發酵
> 不是單獨一個小孩，還有我們先祖的群山脈脈
> 遠古母親乾涸河床──在風雲變幻
> 無聲無息命運景色裡 (P.38)

　　從「遠古樹液自手臂／浮現」、「一種無法估量的發酵」、
「流過先祖的群山脈脈」、「遠古母親的乾涸河床」，以迄於
眼前的「親愛的少女」，有不可說出者被說出了：愛不在當下
一次花季，而是在花開花落間，使花季成為可能的，那廣袤天
地間的生命力不竭。愛是生命，然而這源源不竭生命力，隨著
現代人對死亡的推卻與遺忘，早已被阻卻在生命之外，當生命
力喪失，愛亦不能了。

　　正是如此，起筆以來，從戰前到戰時，哀歌的創作，首首
皆是人向「天使」呼喊，或祈求天使現形的詩篇。天使是什麼？
「天使」是相應著人的被拋擲，而有的超越性存在，祂或以「每
位天使都可怕」 (P.12)的龐大力源顯現，或以「造物主的寵兒」 (P.24)

---

* 　見羅洛‧梅（Rollo May）：《愛與意志》（台北：立緒出版社，2001 年版），頁
　　141。

的純靈性存在顯現，但如張錯所說，此一純靈性與德國神祕主義相關，是「在不可見事物中，辨識出現實性一個更高的層級」[(P.32、33)]。在朝向天使階位呼喊，以及天使的現形中，人的靈性／宗教性才被喚起，以生存的超越性尺度，走上存在覺醒的旅程。

　　然而這段旅程卻是漫長的，因為「里爾克曾因第一次世界大戰（1914-1918）及憂鬱症無法寫作，拒絕讀報，自我孤絕，停筆 10 年，在慕尼黑等待戰爭結束，直到 1922 年初在瑞士的穆佐城堡神思勃發，短短數天，《杜英諾哀歌》全部完成」[(P.6)]但正因為時間與生命歷程的一切：戰爭、鬱症、孤絕與停筆，生命無盡的孤寂與漂泊，痛苦有多深，人向天使的呼喊就有多深。

痛苦有多深，人向天使呼喊就有多深

　　經歷漂泊與戰亂，里爾克體悟的痛苦是什麼？他要向天使呼喊什麼？在戰爭期間觀看畢卡索油畫「江湖賣藝人」，及曾在巴黎盧森堡公園看馬戲團表演的經驗而寫成的第五首中，里爾克以馬戲團的賣藝者、表演，以及與觀眾的關係，架構出一個生存世界，正是他對現代世界的深度觀看。詩人以日日被驅迫訓練的賣藝者開篇：「這些漂泊者，比我們／這些人還多一點浪遊，幼年便被迫／（被誰所迫？）──就只為了／永不滿足的作風？／經常催使／他們彎曲，他們旋轉／拋出他們，再抓住他們／像從滑溜溜空氣飄下／降落在被他們不斷跳躍／毛

線稀疏脫落陳舊地毯——」^(P.52)這些賣藝漂泊者不只無從掌握自己命運，即使搏命演出，亦無法與觀眾真正連結，因為表演過程中，所有的人都只在那些技藝表象駐留，或微笑或驚呼，表演與觀賞之間只存在著以金錢買賣而有的浮淺歡樂，一切都平面化了。如張錯道：「在一個虛偽世界裡，技藝者沒有歡樂，卻憑技藝出賣歡樂，觀眾沒有歡樂，用金錢可買到歡樂。這也是一個疏離的世界，在歡樂買賣裡，沒有感情，只有交易及人際疏離」^(P.59)。愈歡樂愈疏離，僅餘交易，一個無法居留其中的無神世界。

延續著馬戲團視角，現代人的生存處境被里爾克更深刻覺察了：在科學技術與資本主義的加乘下，現代性是以物質文明來標榜人類成就的世界。然而先進的物質文明卻不意味生命的豐盈與真實，因為現代世界下的物，早已被轉換成商品。當人不再看到物，卻又緊緊追逐於物，便如僅能以金錢交易歡樂的馬戲團演出，如第七首描繪的景象：「不再認識神廟，我們悄悄藏起／心的滿溢，那裡即使一物留存／一物祈求，或奉獻，或跪拜／始終如一，——進入無形／眾人不再感到，也錯過機會，忽視／更偉大的墩柱雕像是建設於『心內』」。^(P.78)是以必須看到現代人的生存景況，更內在地察覺我們與物的關係與

交往*，如此的物之思，是一套打破疏離異化的生存之道，也是詩之道。

在物質繁華，卻心靈貧瘠的現代異化世界中，《杜英諾哀歌》便如一座珍藏人類命運的詩之城堡。特別在 1922 年，經歷了戰爭與鬱症後的後半段詩集中，可以看到里爾克對技術化世界的敏銳感受與突圍，從與他人、動物、植物、街道、天空星系，乃至突圍時空疆界的遠古神話、壁畫石棺……等等歷史與自然之物的關聯中，將一個被現代社會遺忘久遠，卻與我們息息相關的生命世界帶上前來。如第八首，便是一首以生死的變形與轉化寫出生命的生之詩：

> 噢，歡樂小蜉蝣，即使婚配之時
> 依然在『裡面』跳躍，子宮就是一切。
> 看那半信半疑的飛鳥，差不多一開始
> 就知道雙方狀況，像逃離死亡

---

* 即使是杯子、照片、玫瑰、情人，乃至一個特殊節日、街道，出生，死亡……等等，每一種物都與我們當下的生活的密切相關，也都隱藏著必須被發現的神秘訊息。《哀歌》之前，里爾克已經有以「物」去遭遇生命每一個面向的物之思了，如著名的傳記小說〈馬爾特手記〉：「一個人要觀覽很多城市，人群，及事務；他一定要學習去認識天地飛禽及地上走獸，一朵小花怎樣在清晨綻放。一個人一定要跟去想回到那些神秘途徑……及早已料及的分離，及那些童年……雙親……海上的日子……夜間的旅途……而一個人一定要送過別人的終，一個人一定要坐過垂危的人的旁邊，在一所打開窗子的房間……但這些並不足夠去做成為回憶。一個人一定要去忘記它們，而又有巨大的耐力讓它們重新返來……而當它們變成我們體內的血液，眼神，及姿態……於是就能在某一稀有的時刻裡，詩內的第一個字便會昇起冒出來……」。至晚期的《杜英諾哀歌》，更以人朝向天使的呼喊，從物與我們的關聯中，打開了一個超越性向度，讓人從物活出生命來。以上譯文見張錯：〈馮至與里爾克──馮至研究之一〉，收錄於《從莎士比亞到上田秋成──東西文學批評研究》（台北：聯經出版社，1989 年版），頁 61。

伊特拉斯坎人的靈魄
棺蓋上的安息形象依舊圍繞空間
令人訝異是一切來自子宮誕生的
都要飛升！好像是害怕自己。
它自空中蜿蜒曲折飛過
像杯子一道裂痕，蝙蝠
閃過黃昏瓷器的痕跡。[(P.92)]

　　生命是什麼？存在何處？里爾克以詩道：生命在蜉蝣的方生方死中、在伊特拉斯坎人墓室棺蓋的再生寄託中，生命是「一切來自子宮誕生的／都要飛升！」，在天地人神宇宙流轉不息的當下流出，「像杯子一道裂痕，蝙蝠／閃過黃昏瓷器的痕跡」。

人向天使呼喊有多深，生命便有多深

　　似是天使在物中顯現了，而詩人，便是有意願，且有能力深入物的世界：「房子，橋梁，噴泉，欄柵，水瓶／果樹，窗戶──甚至石柱，高塔……」[(P.101)] 去發現，且說出物的祕密的人。這些圍繞在我們身邊或遠或近的物，或人事或自然或歷史或神話，一一留存著我們生命的不同面向，可能是：出生與死亡、渴望與羞辱、相聚與離別、勝利與失敗……，詩人的使命便是要深入物的內在，看到我們與物的關聯，說出那不可說者。甚至：

讓他看到一件成品如何讓人欣喜
如何純淨屬於我們，如何在悲泣哀傷
展開形狀，為人所用，為人獻身——
消失在大化中，像一首小提琴的歌。
這些仍存在的事物，在別離消逝時
會明白你對它們的讚美，相信
最急速消逝的我們會保留它們
也希望我們心裡把它們全部改變
成為我們——啊永久——的一部分
不管我們是誰 ^(P.102)

　　不只要從可見之物說出不可說者，還要站在那萬事萬物的
正在，終將死亡／消亡處，以意義虛無的焦慮，向天使發出呼
喊，聆聽，說出那在萬事萬物的消失後，永不消亡之物。直至
生命最後一刻，都不取巧、散漫或逃避，那是讓詩回到藝術的
本源，也是詩人對生命最強烈的愛了。如最後一首，最後：

川流不息的死者，是否像我們一般醒轉
看啊，也許他們也會指向光禿榛樹
垂掛的萎黃花序，或者是早春雨絲
落在黑色土地。

而我們，經常以為
幸福在攀升，會感到
幸福跌落時

那種感情的震駭。^(P.118)

詩是生命的活出，是回家的道路。在感情的震駭中，唯一與我患難與共的只有詩 *。

讓我們打開《杜英諾哀歌》，詩人已在前方為我們嚮導了。

---

* 「唯一與我患難與共的只有詩」一詞引用自張錯的散文〈秋魂〉，原文為「而唯一能與我患難與共的只有詩」。本文是張錯以里爾克的《給奧菲厄斯十四行》來追悼好友導演但漢章之作。見張錯：《兒女私情》（台北：皇冠文學出版有限公司，1993 年版），頁 146。

里爾克－杜英諾哀歌（全譯本及評析）
Duino Elegies

作　　　　者	萊納・瑪利亞・里爾克（Rainer Maria Rilke）	
翻譯、評析	張錯（Dominic Cheung）	
責 任 編 輯	徐藍萍、張沛然	

線上版讀者回卡

版　　　　權	吳亭儀、江欣瑜
行 銷 業 務	黃崇華、賴正祐、郭盈均、華華
總　編　輯	徐藍萍
總　經　理	彭之琬
事業群總經理	黃淑貞
發　行　人	何飛鵬
法 律 顧 問	元禾法律事務所王子文律師
出　　　版	商周出版　台北市 104 民生東路二段 141 號 9 樓
	電話：(02) 25007008　傳真：(02)25007759
	E-mail：ct-bwp@cite.com.tw　Blog：http://bwp25007008.pixnet.net/blog
發　　　行	英屬蓋曼群島商家庭傳媒股份有限公司城邦分公司
	台北市中山區民生東路二段 141 號 2 樓
	書虫客服服務專線：02-25007718　02-25007719
	24 小時傳真服務：02-25001990　02-25001991
	服務時間：週一至週五 9:30-12:00　13:30-17:00
	劃撥帳號：19863813　戶名：書虫股份有限公司
	讀者服務信箱 E-mail：service@readingclub.com.tw
香 港 發 行 所	城邦（香港）出版集團有限公司　香港灣仔駱克道 193 號東超商業中心 1 樓
	E-mail: hkcite@biznetvigator.com　電話：(852)25086231　傳真：(852)25789337
馬 新 發 行 所	城邦（馬新）出版集團 Cite (M) Sdn Bhd
	41, Jalan Radin Anum, Bandar Baru Sri Petaling, 57000 Kuala Lumpur, Malaysia.
	Tel: (603) 90578822　Fax: (603) 90576622　Email: cite@cite.com.my
設　　　計	李東記
印　　　刷	卡樂製版印刷事業有限公司
總　經　銷	聯合發行股份有限公司　新北市 231 新店區寶橋路 235 巷 6 弄 6 號 2 樓
	電話：(02) 2917-8022　傳真：(02) 2911-0053

■ 2022 年 8 月 2 日初版

Printed in Taiwan

定價 280 元

城邦讀書花園
www.cite.com.tw

國家圖書館出版品預行編目 (CIP) 資料

里爾克：杜英諾哀歌（全譯本及評析）/ 萊納．瑪利亞．里爾克
(Rainer Maria Rilke) 著；張錯 (Dominic Cheung) 翻
譯．評析．-- 初版．-- 臺北市：商周出版：英屬蓋曼群島商
家庭傳媒股份有限公司城邦分公司發行, 2022.07
　面；　公分
譯自：Duino elegies
ISBN 978-626-318-346-9(平裝)

1.CST: 里爾克 (Rilke, Rainer Maria, 1875-1926)
2.CST: 詩歌 3.CST: 詩評

875.51　　　　　　　　　　　　　　　　111009493